萧红精选集

民国文学名家精选集

齊魯書社

萧红

1934 年，萧红在青岛樱花公园

1934年夏，萧红、萧军离开哈尔滨之前的合影

1935 年，萧红摄于鲁迅家门前的台阶

目 录

辑一　散文

辑二　小说

辑三　诗歌

辑四　书信

辑一 散文

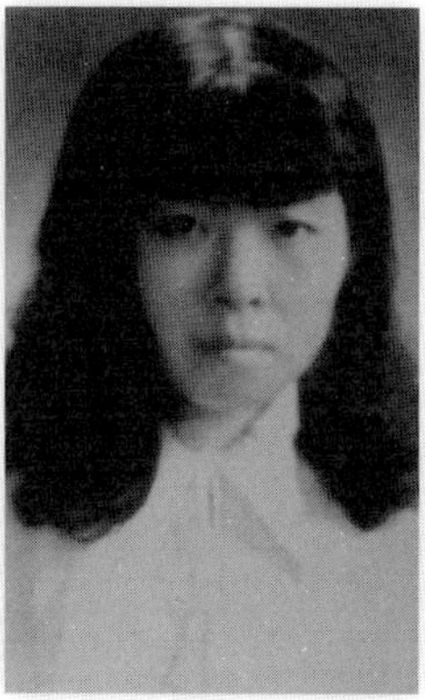

1936年，萧红在日本

小黑狗

像从前一样，大狗是睡在门前的木台上。望着这两只狗我沉默着。我自己知道又是想起我的小黑狗来了。

前两个月的一天早晨，我去倒脏水。在房后的角落处，房东的使女小钰蹲在那里。她的黄头发毛着，我记得清明的，她的衣扣还开着。我看见的是她的背面，所以我不能预测这是什么发生了！

我斟酌着我的声音，还不等我向她问，她的手已在颤抖，唔！她颤抖的小手上有个小狗在闭着眼睛，我问：

“哪里来的？”

“你来看吧？”

她说着，我只看她毛蓬的头发摇了一下，手上又是一个小狗在闭着眼睛。

不仅一个两个，不能辨清是几个，简直是一小堆。我也和孩子一样，和小钰一样欢喜着跑进屋去，在床边拉他的手：

“平森……啊，……喔喔……”

我的鞋底在地板上响，但我没说出一个字来，我的嘴废物似的啊喔着。他的眼睛瞪住，和我一样，我是为了欢喜，他是为了惊愕。最后我告诉了他，是房东的大狗生了小狗。

过了四天，别的一只母狗也生了小狗。

以后小狗都睁开眼睛了。我们天天玩着它们，又给小狗搬了个家，把它们都装进木箱里。

争吵就是这天发生的：小钰看见老狗把小狗吃掉一只，怕是那只老狗把它的小狗完全吃掉，所以不同意小狗和那个老狗同居，大家就抢夺着把余下的三个小狗也给装进木箱去，算是那只白花狗生的。

那个毛褪得稀疏、骨格透露、瘦得龙样似的老狗，追上来！白花狗仗着年青不惧敌，哼吐着开仗的声音。平时这两条狗从不咬架，就连咬人也不会。现在凶恶极了，就像两条小熊在咬架一样。房东的男儿，女儿，听差，使女，又加我们两个，此时都没有用了。不能使两个狗分开。两个狗满院疯狂地拖跑。人也疯狂着。在人们吵闹的声音里，老狗的乳头脱掉一个，含在白花狗的嘴里。

人们算是把狗打开了。老狗再追去时，白花狗已经把乳头吐到地上，跳进木箱看护它的一群小狗去了。

脱掉乳头的老狗，血流着，痛得满院转走。木箱里它的三个小狗却拥挤着不是自己的妈妈在安然地吃奶。

有一天，把个小狗抱进屋来放在桌上，它害怕得不能迈步，全身有些颤，我笑着像是得意，说：

“平森，看小狗啊！”

他却相反，说道：

“哼！现在觉得小狗好玩，长大要饿死的时候，就无人管了。”

这话间接的可以了解，我笑着的脸被这话毁坏了，用我寞寞的手，把小狗送了出去，我心里有些不愿意，不愿意小狗将来饿死。可是我却没有说什么，面向后窗，我看望后窗外的空地，这块空地没有阳光照过，四面立着的是有产阶级的高楼，几乎是和阳光绝了缘。不知什么时候，小狗是腐了，烂了，挤在木板下，左近有苍蝇飞着。我的心情完全神经质下去，好像躺在木板下的小狗就是我自己，像听着苍蝇在自己已死的尸体上寻食一样。

平森走过来，我怕又要证实他方才的话，我假装无事，可是他已经看见那个小狗了！我怕他又要象征着说什么，可是他已经说了：

“一个小狗死在这没有阳光的地方，你觉得可怜么？年老的叫化子不能寻食，死在阴沟里，或是黑暗的街道上。女人，孩子，就是年青人失了业的时候也是一样。”

我愿意哭出来，但我不能因为人都说女人一哭就算了事，我不愿意了事。可是慢慢的我终于哭了！他说："悄悄，你要哭么？这是平常的事，冻死，饿死，黑暗死，每天有这样的事情，把持住自己！渡我们的桥梁吧！小孩子！"

我怕着羞把眼泪拭干了，但，终日我是心情寞寞。

过了些日子，十二个小狗之中又少了两个。但是剩下的这些更可爱了！会摇尾巴，会学着大狗叫，跑起来在院子就是一小群。有时门口来了生人，它们也跟着大狗跑去，并不咬，只是摇着尾巴，就像和生人要好似的，这或是小狗还不晓得它们的责任，还不晓得保护主人的财产。

天井中纳凉的软椅上，房东太太吸着烟，她开始说家常话了。结果又说到了小狗：

"这一大群什么用也没有，一个好看的也没有，过几天把它们远远的送到马路上去。秋天又要有一群，厌死人了！"

坐在软椅旁边的是个六十多岁的老更倌。眼花着，有主意的嘴吃着说：

"明明……天，用麻……袋背送到大江去。"

小钰是个小孩子，她说：

"不用送大江，慢慢都会送出去。"

小狗满院跑跳。我最愿意看的是它们睡觉，多是一个压着一个脖子睡，小圆肚一个个的相挤着。是凡来了熟人的时候都是往外介绍，生得好看一点的抱走了几个。

其中有一个耳朵最大，肚子最圆的小黑狗，算是我的了！我们的朋友用小提篮带回去两个，剩下的只有一个小黑狗和一个小黄狗。老狗对它两个非常珍惜起来，争着给小狗去舐绒毛，这时候，小狗在院子里已经就不成群了！

我从街上回来，打开窗子。我读一本小说。那个小黄狗它挠窗纱，和我玩笑似的竖起身子来，挠了又挠。

我想：

"怎么几天没有见到小黑狗呢？"

我喊了小钰。别的同院住的人都出来了，找遍全院，不见我的小黑狗。马路上也没有可爱的小黑狗，再看不见它的大耳朵了！它忽然是失了踪！

又过三天，小黄狗也被人拿走。

没有妈妈的小钰向我说：

"大狗一听隔院的小狗叫，它就想起它的孩子。可是满院急寻，上楼顶去张望，最终一个都不见。它哽哽的叫呢！"

十三个小狗一个不见了！和两个月以前一样，大狗是孤独的睡在木台上。

平森的小脚，鸽子形的小脚，栖在床单上，他是睡了，我在写，我在想，玻璃窗上的三个苍蝇在飞……

一九三三，八，一

创作于1933年8月1日，首刊于1933年8月13日《大同报·夜哨》（长春）第1期，署名悄吟。收入五画印刷社（哈尔滨）1933年10月初版《跋涉》。

祖父死了的时候

祖父总是有点变样子，他喜欢流起眼泪来，同时过去很重要的事情他也忘掉。比方过去那一些他常讲的故事，现在讲起来，讲了一半，下一半他就说：“我记不得了。”

某夜，他又病了一次，经过这一次病，他竟说：

“给你三姑写信，叫她来一趟，我不是四五年没看过她吗？”他叫我写信给我已经死去五年的姑母。

那次离家是很痛苦的。学校来了开学通知信，祖父又一天一天的变样起来。

祖父睡着的时候，我就躺在他的旁边哭，好像祖父已经离开我死去似的，一面哭着一面抬头看他凹陷的嘴唇。

我若死掉祖父，就死掉我一生最重要的一个人，好像他死了就把人间一切“爱”和“温暖”带得空空虚虚。我的心被丝线扎住或是被铁丝绞住了。

我联想到母亲死的时候。母亲死以后，父亲怎样打我，又娶一个新母亲来。这个母亲很客气，不打我，就是骂，也是指着桌子或椅子来骂我。客气是越客气了，但是冷淡了，疏远了，生人一样。

“到院子去玩玩吧！”祖父说了这话之后，在我的头上撞了一下，“喂！你看这是什么？”黄金色的桔子落到我的手中。

夜间不敢到茅厕去，我说：“妈妈同我到茅厕去趟吧。”

“我不去！”

“那我害怕呀！”

“怕什么？”

“怕什么？怕鬼怕神？”父亲也说话了，把眼睛从眼镜上面看着我。

冬天，祖父已经睡下，赤着脚，开着纽扣跟我到外面茅厕去。

学校开学，我迟到了四天。

三月里，我又回家一次。正在外面叫门，里面小弟弟嚷着：

“姐姐回来了！姐姐回来了！”

大门开时，我就远远注意着祖父住着的那间房子。果然祖父的面孔和胡子闪现在玻璃窗里。

我跳着笑着跑进屋去。但不是高兴，只是心酸，祖父的脸色更惨淡更白了。等屋子里一个人没有时，他流着泪，他慌慌忙忙的一边用袖口擦着眼泪，一边抖动着嘴唇：

“爷爷不行了，不知早晚……前些日子好险没跌……跌死。”

“怎么跌的？”

“就是在后屋，我想去解手，招呼人，也听不见，按电铃也没有人来，就得爬啦。还没到后门口，腿颤，心跳，眼前发花了一阵就倒下去。没跌断了腰……人老了，有什么用处！爷爷是八十一岁呢！”

“爷爷是八十一岁。”

“没用了，活了八十一岁还是在地上爬呢！我想想你看不着爷爷了，谁知没有跌死，我又慢慢爬到炕上。”

我走的那天也是和我回来那天一样，白色的脸的轮廓闪现在玻璃窗里。

在院心我回头看着祖父的面孔，走到大门口，在大门口我仍可看见，出了大门，就被门扇遮断。

从这一次祖父就与我永远隔绝了。虽然那次和祖父告别，并没说出一个永别的字。

我回来看祖父，这回门前吹着喇叭，幡杆挑得比房头更高，马车离家很远的时候，我已看到高高的白色幡杆了，吹鼓手们的喇叭怆凉的在悲号。马车停在喇叭声中，大门前的白幡，白对联，院心的灵棚，闹嚷嚷许多人，吹鼓手们响起呜呜的哀号。

这回祖父不坐在玻璃窗里，是睡在堂屋的板床上，没有灵魂地躺在那里。我要看一看他白色的胡子，可是怎样看呢！拿开他脸上蒙着的纸吧，胡子，眼睛和嘴，都不会动了，他真的一点感觉也没有了？

我从长长的袖管里去摸他的手，手也没有感觉了。祖父这回真死去了啊！

祖父装进棺材去的那天早晨，正是后园里玫瑰花开放满树的时候。

我扯着祖父的一张被角，抬向灵前去。吹鼓手在灵前吹着大喇叭。

我怕起来，我号叫起来。

“咣咣！”黑色的，半尺厚的灵柩盖子压上去。

吃饭的时候，我饮了酒，用祖父的酒杯饮的。饭后我跑到后园玫瑰树下去卧倒，园中飞着蜂子和蝴蝶，绿草的清凉的气味，这都和十年前一样。可是十年前死了妈妈。妈妈死后我仍是在园中捕蝴蝶；这回祖父死去，我却饮了酒。

过去的十年我是和父亲打斗着生活。在这期间我觉得人是残酷的东西。父亲对我是没有好面孔的，对于仆人也是没有好面孔的，他对于祖父也是没有好面孔的。

因为仆人是穷人，祖父是老了，我是个小孩子，所以我们这些完全没有保障的人就落到他的手里。后来我看到新娶来的母亲也落到他的手里，他喜欢她的时候，便同她说笑，他恼怒时便骂她，母亲渐渐也怕起父亲来。

母亲也不是穷人，也不是老人，也不是孩子，怎么也怕起父亲来呢？

我到邻家去看看，邻家的女人也是怕男人。我到舅家去，舅母也是怕舅父。

我懂得的尽是些偏僻的人生，我想世间死了祖父，就没有再同情我的人了，世间死了祖父，剩下的尽是些凶残的人。

我饮了酒，回想，幻想……

以后我必须不要家，到广大的人群中去，但我在玫瑰树下颤慄了，人群中没有我的祖父。

所以我哭着，整个祖父死的时候我哭着。

创作日期不详，首刊于 1935 年 7 月 28 日《大同报·大同俱乐部》（长春），署名悄吟。

破落之街

天明了，白白的阳光空空的染了全室。

我们快穿衣服，折好被子，平结他自己的鞋带，我结我的鞋带。他到外面去打脸水，等他回来的时候，我气愤的坐在床沿。他手中的水盆被他忘记了，有水泼到地板。他问我，我气愤着不语，把鞋子给他看。

鞋带是断成三段了，现在又断了一段。他重新解开他的鞋子，我不知道他在做什么，我看他向桌间寻了寻，他是找剪刀，可是没买剪刀，他失望用手把鞋带做成两段。

一条鞋带也要分成两段，两个人束着一条鞋带。

他拾起桌上的铜板说：

“就是这些吗？”

“不，我的衣袋还有哩！”

那仅是半角钱，他皱眉，他不愿意拿这票子。终于下楼了，他说：

“我们吃什么呢？”

用我的耳朵听他的话，用我的眼睛看我的鞋，一只是白鞋带，另一只是黄鞋带。

秋风是紧了，秋风的凄凉特别在破落之街道上。

苍蝇满集在饭馆的墙壁，一切人忙着吃喝，不闻苍蝇。

“伙计，我来一分钱的辣椒白菜。”

“我来二分钱的豆芽菜。”

别人又喊了，伙计满头是汗。

“我再来一斤饼。”

苍蝇在那里好像是哑静了，我们同别的一些人一样，不讲卫生和体面，我觉得女人必须不应该和一些下流人同桌吃饭，然而我是吃了。

走出饭馆门时，我很痛苦，好像快要哭出来，可是我什么人都不能抱怨。平他每次吃完饭都要问我：

“吃饱没有？”

我说：“饱了！”其实仍有些不饱。

今天他让我自己上楼：

“你进屋去吧！我到外面有点事情。”

好像他不是我的爱人似的，转身下楼离我而去了。

在房间里，阳光不落在墙壁上，那是灰色的四面墙，好像匣子，好像笼子，墙壁在逼着我，使我的思想没有用，使我的力量不能与人接触，不能用于世。

我不愿意我的脑浆翻绞，又睡下，拉我的被子，在床上辗转，仿佛是个病人一样，我的肚子叫响，太阳西沉下去，平没有回来。我只吃过一碗玉米粥，那还是清早。

他回来，只是自己回来，不带馒头或别的充饥的东西回来。

肚子越响了，怕给他听着这肚子的呼唤，我把肚子翻向床，压住这呼唤。

“你肚疼吗？”

我说不是，他又问我：

“你有病吗？”

我仍说不是。

“天快黑了，那么我们去吃饭吧！”

他是借到钱了吗？

“五角钱哩！”

泥泞的街道，沿路的屋顶和蜂巢样密挤着，平房屋顶，又生出一层平屋来。那是用板钉成的，看起像是楼房，也闭着窗子，歇着门。可是生在楼房里的不像人，是些猪猡，是污浊的群。我们往来都看见这样的景致。现在街道是泥泞了，肚子是叫唤了！一心要奔到苍蝇堆里，要吃馒头。桌子的对边那个老头，他唠叨起来了，大概他是个油匠，胡子染着白色，不管衣襟或袖口，都有斑点花色的颜料，他用有颜料的手吃东西。并没能发现他是不讲卫生，因为我们是一道生活。

他嚷了起来，他看一看没有人理他，他升上木凳，好像老旗杆样，人们举目看他。终归他不是造反的领袖，那是私事，他的粥碗里面睡着个苍蝇。

大家都笑了，笑他一定在发神经病。

“我是老头子了，你们拿苍蝇喂我！”他一面说，有点伤心。

一直到掌柜的呼唤伙计再给他换一碗粥来，他才从木凳降落下来。但，他寂寞着，他的头摇拽着。

这破落之街我们一年没有到过了，我们的生活技术比他们高，和他们不同，我们是从水泥中向外爬。可是他们永远留在那里，那里淹没着他们的一生，也淹没着他们的子子孙孙，但是这要淹没到什么时代呢？

我们也是一条狗，和别的狗一样没有心肝。我们从水泥中自己向外爬，忘记别人，忘记别人。

创作于1933年12月27日，首刊何处不详。收入文化生活出版社（上海）1936年11月初版《桥》。

孤独的生活

蓝色的电灯，好像通夜也没有关，所以我醒来一次看看墙壁是发蓝的，再醒来一次，也是发蓝的。天明之前，我听到蚊虫在帐子外面嗡嗡嗡嗡的叫着，我想，我该起来了，蚊虫都吵得这样热闹了。

收拾了房间之后，想要作点什么事情。这点，日本与我们中国不同，街上虽然已经响着木屐的声音，但家屋仍和睡着一般的安静。我拿起笔来，想要写点什么，在未写之前必得要先想，可是这一想，就把所想的忘了！

为什么这样静呢？我反倒对着这安静不安起来。

于是出去，在街上走走，这街也不和我们中国的一样，也是太静了，也好像正在睡觉似的。

于是又回到了房间，我仍要想我所想的；在席子上面走着，吃一根香烟，喝一杯冷水，觉得已经差不多了，坐下来吧！写吧！

刚刚坐下来，太阳又照满了我的桌子。又把桌子换了位置，放在墙角去，墙角又没有风，所以满头流汗了。

再站起来走走，觉得所要写的，越想越不应该写，好，再另计划别的。

好像疲乏了似的，就在席子上面躺下来，偏偏帘子上有一个蜂子飞来，怕它刺着我，起来把它打跑了。刚一躺下，树上又有一个蝉开头叫起。蝉叫倒也不算奇怪，但只一个，听来那声音就特别大，我把头从窗子伸出去，想看看，到底是在哪一棵树上？可是邻人拍手的声音，比蝉声更大，他们在笑了。我是在看蝉，他们一定以为我是在看他们。

于是穿起衣裳来，去吃中饭。经过华的门前，她们不在家，两双拖鞋摆在木箱上面。她们的女房东，向我说了一些什么，我一个字也不懂，大概也就是说她们不在家的意思。日本食堂之类，自己不敢去，怕人看成个阿墨林[1]。所以去的是中国饭馆，一进门那个戴白帽子的就说：

“伊拉瞎伊麻丝……”

这我倒懂得，就是“来啦”的意思。既然坐下之后，他仍说的是日本话。于是我跑到厨房去，对厨子说了：要吃什么，要吃什么。

回来又到华的门前看看，还没有回来，两双拖鞋仍摆在木箱上。她们的房东又不知向我说了些什么！

晚饭时候，我没有去找她们，出去买了东西回到家里来吃，照例买的面包和火腿。

吃了这些东西之后，着实是寂寞了。外面打着雷，天阴得混混沉沉的了。想要出去走走，又怕下雨，不然，又是比日里还要长的夜，又把我留在房间里了。终于拿了雨衣，走出去了，想要逛逛夜市，也怕下雨，还是去看华吧！一边带着失望一边向前走着，结果，她们仍是没有回来，仍是看到了两双拖鞋，仍是听到了那房东说了些我所不懂的话语。

假若，再有别的朋友或熟人，就是冒着雨，我也要去找他们，但实际是没有的。只好照着原路又走回来了。

现在是下着雨，桌子上面的书，除掉《水浒》之外，还有一本胡风译的《山灵》[②]，《水浒》我连翻也不想翻，至于《山灵》，就是抱着我这一种心情来读，有意义的书也读坏了。

雨一停下来，穿着街灯的树叶好像萤火似的发光，过了一些时候，我再看树叶时，那就完全漆黑了。

雨又开始了，但我的周围仍是静的，关起了窗子，只听到屋瓦滴滴的响着。

我放下了帐子，打开蓝色的电灯，并不是准备睡觉，是准备看书了。

读完了《山灵》上《声》的那篇，雨不知道已经停了多久了？那已经哑了的权龙八，他对他自己的不幸，并不正面去惋惜，他正为着铲除这种不幸才来干这样的事情的。

已经哑了的丈夫，他的妻来接见他的时候，他只把手放在嘴唇前面摆来摆去，接着他的脸就红了，当他红脸的时候，我不晓得那是什么心情激动了他？还有，他在监房里读着速成国语读本的时候，他的伙伴都想要说："你话都不会说，还学日文干什么！"

在他读的时候，他只是听到像是蒸气从喉咙漏出来的一样。恐怖立刻浸着了他，他慌忙的按了监房里的报知机，等他把人喊了来，他又不说什么，只是在嘴的前面摇着手。所以看守骂他："为什么什么也不说呢？混蛋！"

医生说他是"声带破裂"，他才晓得自己一生也不会说话了。

我感到了蓝色灯光的不足，于是开了那只白灯泡，准备再把《山灵》读下去。我的四面虽然更静了，等到我把自己也忘掉了时，好像我的周围也动荡了起来。

天还未明，我又读了三篇。

一九三六，八，九，东京

创作于1936年8月9日，首刊于1936年8月20日《中流》（上海）第1卷第1期，署名悄吟。收入文化生活出版社（上海）1937年5月初版《牛车上》。

①阿墨林：上海方言，形容人笨拙。

②《山灵》：日本短篇小说集，胡风（1902—1985）译，文化生活出版社（上海）1936年4月初版。

欧罗巴旅馆

楼梯是那样长，好像让我顺着一条小道爬上天顶。其实只是三层楼，也实在无力了，手扶着楼栏，努力拔着两条颤颤地，不属于我似的腿，升上几步，手也开始和腿一般颤。

等我走进那个房间的时候，和受辱的孩子似的偎上床去，用袖口慢慢擦着脸。

他——郎华（即萧军），我的情人，那时候他还是我的情人，他问我了：

“你哭了吗？”

“为什么哭呢？我擦的是汗呀，不是眼泪呀！”

不知是几分钟过后，我才发现这个房间是如此的白，棚顶是斜坡的棚顶，除了一张床，地下有一张桌子，一围藤椅。离开床沿用不到两步可以摸到桌子和椅子。开门时，那更方便，一张门扇躺在床上可以打开。住在这白色的小室，好像把我住在幔帐中一般。我口渴，我说：

“我应该喝一点水吧！”

他要为我倒水时，他非常着慌，两条眉毛好像要连接起来，在鼻子的上端扭动了好几下：

“怎样喝呢？用什么喝？”

桌子上除了一块洁白的桌布，干净得连灰尘都不存在。

我有点昏迷，躺在床上听他和茶房在过道说了些时，又听到门响，他来到床边，我想他一定举着杯子在床边，却不，他的手两面却分张着：

“用什么喝？可以吧？用脸盆来喝吧！”

他去拿藤椅上放着才带来的脸盆时，毛巾下面刷牙缸被他发现，于是拿着刷牙缸走去。

旅馆的过道是那样寂静，我听他踏着地板来了。

正在喝着水，一只手指抵在白床单上，我用发颤的手指抚来抚去。他说：

“你躺下吧！太累了。”

我躺下也是用手指抚来抚去，床单有突起的花纹，并且白得有些闪我的眼睛，心想：不错的，自己正是没有床单。我心想的话他却说出了！

“我想我们是要睡空床板的，现在连枕头都有。”

说着，他拍打我枕在头下的枕头。

“咯咯——”有人打门，进来一个高大的俄国女茶房，身后又进来一个中国茶房：

“也租铺盖吗？”

“租的。”

“五角钱一天。”

“不租。”“不租。”我也说不租，郎华也说不租。

那女人动手去收拾：软枕，床单，就连桌布她也从桌子扯下去。床单夹在她的腋下。一切夹在她的腋下。一秒钟，这洁白的小室跟随她花色的包头巾一同消失去。

我虽然是腿颤，虽然肚子饿得那样空，我也要站起来，打开柳条箱去拿自己的被子。

小室被劫了一样，床上一张肿涨的草褥赤现在那里，破木桌一些黑点和白圈显露出来，大藤椅也好像跟着变了颜色。

晚饭以前，我们就在草褥上吻着抱着过的。

晚饭就在桌子上摆着，黑“列巴”（俄文译音，意为“大面包”）和白盐。

晚饭以后事件就开始了：

开门进来三四个人，黑衣裳，挂着枪，挂着刀。进来先拿住郎华的两臂，他正赤着胸膛在洗脸，两手还是湿着。他们那些人，把箱子弄开，翻扬了一阵：

“旅馆报告你带枪，没带吗？”那个挂刀的人问。随后那人在床下扒得了一个长纸卷，里面卷的是一支剑。他打开，抖着剑柄的红穗头：

“你哪里来的这个？”

停在门口那个去报告的俄国管事，挥着手，急得涨红了脸。

警察要带郎华到局子里去，他也预备跟他们去，嘴里不住说："为什么单独用这种方式检查我？防害我？"

最后警察温和下来，他的两臂被放开，可是他忘记了穿衣裳，他湿水的手也干了。

原因日间那白俄来取房钱，一日两元，一月六十元。我们只有五元钱。马车钱来时去掉五角。那白俄说：

"你的房钱，给！"他好像知道我们没有钱似的，他好像是很着忙，怕是我们跑走一样。他拿到手中两元票子又说："六十元一月，明天给！"原来包租一月三十元，为了松花江涨水才有这样的房价。如此，他摇手瞪眼的说："你的明天搬走，你的明天走！"

郎华说："不走，不走——"

"不走不行，我是经理——"

郎华从床下取出剑来，指着白俄：

"你快给我走开，不然，我宰了你。"

他慌张着跑出去了，去报告警察所，说我们带着凶器，其实剑裹在纸里，那人以为是大枪，而不知是一支剑。

结果警察带剑走了，他说："日本宪兵若是发见你有剑，那你非吃亏不可，了不得的，说你是大刀会，我替你寄存一夜，明天你来取。”

警察走了以后，闭了灯，锁上门，街灯的光亮从小窗口跑下来，凄凄淡淡的，我们睡了。在睡中不住想：警察是中国人，倒比日本宪兵强得多啊！

天明了，是第二天，从朋友处被逐出来是第二天了。

创作于1935年3月至5月间，首刊于1936年7月1日《文季月刊》（上海）第1卷第2期，署名悄吟。收入文化生活出版社（上海）1936年8月初版《商市街》。欧罗巴旅馆为哈尔滨早期开设于道里区十一道街的一家旅馆。

又是冬天

窗前的大雪白绒一般，没有停的在落，整天没有停。我去年受冻的脚完全好起来，可是今年没有冻，壁炉着得呼呼发响，时时起着木柈的小炸音，玻璃窗简直就没被冰霜蔽住，柈子不像去年摆在窗前，那是装满了柈子房的。

我们决定非回国（指离开伪满洲国去关内）不可，每次到书店去，一本杂志也没有，至于别的书那还是三年前摆在玻璃窗里退了色的旧书。

非去不可，非走不可。

遇到朋友们，我们就问：

“海上几月里浪小？海船是怎样晕法？……”因为我们都没航过海，海船那样大，在图画上看见也是害怕，所以一经过“万国车票公司”的窗前必须要停住许多时候，要看窗子里立着的大图画，我们计算着这海船有多么高啊！都说海上无风三尺浪，我在玻璃上就用手去量，看海船有海浪的几倍高？结果那太差远了！海船的高度等于海浪的二十倍。我说海船六丈高。

“哪有六丈？”郎华反对我，他又量量：“哼！可不是吗！差不多……海浪三尺，船高是二十三尺。”

也有时因为我反复着说："有那么高吗？没有吧！也许有！"

郎华听了就生起气了，因为海船的事差不多在街上就吵架……

可是朋友们不知道我们要走，有一天我们在胖朋友家里举起酒杯的时候，嘴里吃着烧鸡的时候，郎华要说，我不叫他说，可是到底说了。

"走了好！我看你早就该走！"以前胖朋友常这样说："郎华，你走吧！我给你们对付点路费。我天天在××科里边听着问案子，皮鞭子打得那个响！嗳，走吧！我想要是我的朋友也弄去……那声音可怎么听？我一看到那行人，我就想到你……"

老秦来了，他是穿一件崭新的外套，看起来帽子也是新的，不过没有问他，他自己先说：

"你们看我穿新外套了吧？非去上海不可，忙着做了两件衣裳，好去进当铺，卖破烂新的也值几个钱……"

听了这话我们很高兴，想不说也不可能："我们也走，非走不可，在这个地方等着活剥皮吗？"郎华说完了郎华就笑了："你什么时候走？"

"那么你们呢？"

"我们没有一定。"

“走就五六月走，海上浪小……”

“那么我们一同走吧！”

老秦并不认为我们是真话，大家随便说了不少关于走的事情，怎样走法呢？怕路上检查，怕路上盘问，到上海什么朋友也没有，又没有钱。说得高兴起来，逼真了！带着幻想了！老秦是到过上海的，他说四马路怎样怎样！他说上海的穷是怎样的穷法……

他走了以后，雪还没有停，我把火炉又放进一块木柈去，又到烧晚饭的时间了！我想一想去年，想一想今年，看一看自己的手骨节涨大了一点，个子还是这么高，还是这么瘦……

这房子我看得太熟了，至于墙上或是棚顶有几个多余的钉子我都知道。郎华呢？没有瘦胖，他是照旧，从我认识他那时候起，他就是那样，颧骨很高，眼睛小，嘴大，鼻子是一条柱。

“我们吃什么饭呢？吃面或是饭？”

居然我们有米有面了，这和去年不同，忽然那些回想牵住了我——借到两角钱或一角钱……空手他跑回来……抱着新棉袍去进当铺。

我想到我冻伤的脚，下意识的看了一下脚。于是又想到柈子。那样多的柈子，烧吧！我就又去搬了木柈进来。

"关上门啊！冷啊！"郎华嚷着。

他仍把两手插在裤袋在地上打转；一说到关于走，他就不住的打转，转起半点钟来也是常常的事。

秋天，我们已经装起电灯了。我在灯下抄自己的稿子，郎华又跑出去，他是跑出去玩，这可和去年不同，今年他不到外面当家庭教师了。

创作于1935年3月至5月间，收入文化生活出版社（上海）1936年8月初版《商市街》。

一个南方的姑娘

郎华告诉我一件新的事情，他去学开汽车回来第一句话说：

“新认识一个朋友，她从上海来，是中学生。过两天还要到家里来。”

第三天，外面打着门了！我先看到的是她头上扎着漂亮的红带，她说她来访我，老王在前面引着她。大家谈起来，差不多我没有说话，我听着别人说。

“我到此地四十天了！我的北方话还说不好，大概听得懂吧！老王是我到此地才认识的。那天巧得很，我看报上为着戏剧在开着笔战，署名郎华的我同情他……我同朋友们说：这位郎华先生是谁？论文作得很好。因为老王的介绍，上次见到郎华……”

我点着头，遇到生人我一向是不会说什么话。她又去拿桌上的报纸，她寻找笔战继续的论文。我慢慢的看着她，大概她也慢慢的看着我吧！她很漂亮，很素净，脸上不涂粉，头发没有卷起来，只是扎了一条红绸带，这更显得特别风味，又美又净，葡萄灰色的袍子上面有黄色的花，只是这件袍子我看不很美，但也无损于美。到晚上，这美人似的人就在我们家里吃晚饭，在吃饭以前汪林也来了！汪林是来约郎华去滑冰，她从小孔窗看了一下：

“郎华不在家吗？”她接着“唔”了一声。

“你怎么到这里来？”汪林进来了。

“我怎么就不许到这里来！”

我看得她们这样很熟的样子更奇怪。我说：

“你们怎么也认识呢？”

“我们在舞场里认识的。”汪林走了以后她告诉我。

从这句话当然也知道程女士也是常常进舞场的人了！汪林是漂亮的小姐，当然程女士也是，所以我就不再留意程女士了。

环境和我不同的人来和我做朋友，我感不到兴味。

郎华肩着冰鞋回来，汪林大概在院中也看到了他，所以也跟进来。这屋子就热闹了！汪林的胡琴口琴都跑去拿过来。郎华唱：“杨延辉坐宫院。”

“哈呀呀，怎么唱这个？这是‘奴心未死’！”汪林嘲笑他。

在报纸上就是因为旧剧才开笔战，郎华自己明明写着，唱旧戏是奴心未死。

并且汪林耸起肩来笑得背脊靠住暖墙，她很红的脸，很红的嘴，卷发，绿绒衣，她和程女士是绝端两样，她带着西洋少妇的风情。程女士很黑，是个黑姑娘。

又过几天，郎华为我借一双滑冰鞋来，我也到冰场上去。程女士常到我们这里来，她是来借冰鞋。有时我们就一起去，同时新人当然一天比一天熟起来，她渐渐对郎华比对我更熟，她给郎华写信了，虽然常见，但是要写信的。

又过些日子，程女士要在我们这里吃面条，我到厨房去调面条。

“……喳……喳……”等我走进屋他们又在谈别的了！程女士只吃一小碗面就说：“饱了。”

我看她近些日子更黑一点，好像她的“愁”更多了！她不仅仅是“愁”，因为愁并不兴奋，可是程女士有点兴奋。

我忙着收拾家具，她走时我没有送她，郎华送她出门。

我听得清楚楚的是在门口：“有信吗？”

或者不是这么说，总之跟着一声“喳喳”之后，郎华很响的：“没有。”

又过了些日子程女士就不常来了，大概是她怕见我。

程女士要回南方，她到我们这里来辞行，有我做障碍，她没有把要诉说出来的“愁”尽量诉说给郎华。她终于带着“愁”回南方去了。

创作于1935年3月至5月间，收入文化生活出版社（上海）1936年8月初版《商市街》。

女子装饰的心理

装饰本来不仅限于女子一方面的，古代氏族的社会，男子的装饰不但极讲究，且更较女子而过之。古代一切狩猎氏族，他们的装饰较衣服更为华丽，他们甘愿裸体，但对于装饰不肯忽视。所以装饰之于原始人，正如现在衣服之于我们一样重要。现在我们先讲讲原始人的装饰，然后由此推知女子装饰之由来。

原始人的装饰有两种，一种是固定的为黥创文身，穿耳，穿鼻，穿唇等；一种是活动的，就是连系在身体上暂时应用的，如带缨，钮子这类，他们装饰的颜色主要的是红色，他们身上的涂彩多半以赤色条绘饰，因为血是红的，红色表示热烈，具有高度的兴奋力。就是很多的动物，对于赤色，也和人类一样容易感觉。原始人的生活大多是狩猎和战争，于猎事及战争极兴奋的时候，往往可见到血，这足以使红色有直接感觉，有强烈的情绪的连系。其次是黄色，也有相当的美感，也为原始人所采用，再是白色和黑色，但较少采用，他们装饰所选用的颜色，颇受他们的皮肤的颜色所影响，如白色和赤色对于黑色的澳洲人颇为采用，他们所采用的颜色是要与他们皮肤的颜色有截然分别的。

至于原始人对于装饰的观念怎样呢？他们究竟为什么要装饰？又为什么要这样装饰呢？这就谈到了他们装饰的心理问题了。

我们大概会惊异于他们这种重视装饰的心理罢，如黥身是他们身体装饰中最痛苦的，用刀或铁箭在身上刺成各种花纹，有的且刺满全身，他们竟于忍受痛苦而为其人的勇敢毅力的表示。而这种忍受，大都是为了装饰美观，极少含有其他作用。少年男女到了相当年龄，便执行着这种苦刑，而以为荣。以为假如身上没能刺刻着花纹，则将来很难找到爱侣。至于活动的装饰，如各种环缨之类的佩戴物，则一方表示他们勇敢善战，不懦怯，一方面是引起异性的爱悦，因为他们都以勇敢善斗为荣。身上所佩戴的许多珍贵的装饰物，表示他们的富有，是以勇敢夺得或猎取来的。总之，原始人装饰的用意，一方是引起异性爱悦，一方是引起他人的敬畏。事实上，各种装饰是兼具此两种意义的，这实在是生存竞争中不可少和有效的工具。由这些情形看来，在原始社会中男子的装饰较女子讲究，也是因为原始社会的人民，没有确定的婚姻制度，无恒久的配偶，而女子在任何情形中都有结婚的机会，男子要得到伴侣，比较困难，故必须用种种手段以满足其欲望。

但在文明社会中，男女关系与此完全相反，男子处处站在优越地位，社会上一切法律权利都握在男子手中，女子全居于被动地位。虽然近年来有男女平等的法律，但在父权制度之下，女子仍然是受动的。因此，男子可以行动自由，女子至少要受相当的约制。这样一来，女子为达到其获得伴侣的欲望，因此也要藉种种手段以取悦异性了。这种手段，便是装饰。

装饰主要的用意，大都是一方以取悦于男性，一方足以表示自己的高贵。脸上敷着白粉，红脂，口红，蔻丹等。刚才说过红色是原始人用作装饰的主要颜色，红白相称特别鲜明，不独引人注目，亦以表示其不亲劳动的身份。故牙齿既然是白的，口唇必须涂红。西洋妇女脸上涂桔黄色的粉，这是表示他们的富有，因为夏天海滨避暑为海风吹拂脸颊成黄色。白色最能显示脸部和身体的轮廓，原始人跳舞往往在夜间昏昏的灯光和月色之下，用白色把身体上涂成条纹，使身体轮廓显明，易为人注目。妇女用红白二色饰脸部，也是利用其颜色鲜明，且红色其热烈性，易使人感动。中国少女结婚时多穿红衣红裙，大概不外这个意义。

女子装饰亦随社会习惯而变迁。昔人的观念，以柔弱娇小为美，故女子束腰裹脚之风盛行，有“楚王好细腰，宫中多饿死”者的惨事。近来体育发达，国人观念改变，重健康，好运动，女子以体格壮健肤色红黑为美。现在一班新进的女子，大都不饰脂粉，以太阳光下的红黑色肤色的天然风致为美了。黑色太阳镜之盛行，不外表示其常常外出的习惯而已。

创作日期不详，首刊于1936年10月29日至30日《大沪晚报》（上海）第7版，署名萧红。

永久的憧憬和追求

一九一一年，在一个小县城里边，我生在一个小地主的家里。那县城差不多就是中国的最东最北部——黑龙江省——所以一年之中，倒有四个月飘着白雪。

父亲常常为着贪婪而失掉了人性。他对待仆人，对待自己的儿女，以及对待我的祖父都是同样的吝啬而疏远，甚至于无情。

有一次，为着房屋租金的事情，父亲把房客的全套的马车赶了过来。房客的家属们哭着，诉说着，向我的祖父跪了下来，于是祖父把两匹棕色的马从车上解下来还了回去。

为着两匹马，父亲向祖父起着终夜的争吵。“两匹马，咱们是算不了什么的，穷人，这两匹马就是命根。”祖父这样说着，而父亲还是争吵。

九岁时，母亲死去。父亲也就更变了样，偶然打碎了一只杯子，他就要骂到使人发抖的程度。后来就连父亲的眼睛也转了弯，每从他的身边经过，我就像自己的身上生了针刺一样；他斜视着你，他那高傲的眼光从鼻梁经过嘴角而后往下流着。

所以每每在大雪中的黄昏里，围着暖炉，围着祖父；听着祖父读着诗篇，看着祖父读着诗篇时微红的嘴唇。

父亲打了我的时候，我就在祖父的房里，一直面向着窗子，从黄昏到深夜——窗外的白雪，好像白棉一样飘着；而暖炉上水壶的盖子，则像伴奏的乐器似的振动着。

祖父时时把多纹的两手放在我的肩上，而后又放在我的头上，我的耳边便响着这样的声音：

“快快长吧！长大就好了。”

二十岁那年，我就逃出了父亲的家庭。直到现在还是过着流浪的生活。

“长大”是“长大”了，而没有“好”。

可是从祖父那里，知道了人生除掉了冰冷和憎恶而外，还有温暖和爱。

所以我就向这“温暖”和“爱”的方面，怀着永久的憧憬和追求。

一九三六，十二，十二日

创作于1936年12月12日，首刊于1937年1月10日《报告》（上海）第1卷第1期，署名萧红。

天空的点缀

用了我有点苍白的手，卷起窗纱来，在那灰色的云的后面，我看不到我所要看的东西（这东西是常常见的，但它们真的载着炮弹飞起来的时候，这在我还是生疏的事情，也还是想像着的事情）。正在我踌躇的时候，我看见了：那飞机的翅子好像不是和平常的飞机的翅子一样——它们有大的也有小的——好像还带着轮子，飞得很慢，只在云彩的缝际出现了一下，好像云彩又赶上来把它遮没了。不，那不是一只，那是两只，以后又来了几只。它们都是银白色的，并且又都叫着呜呜的声音，它们每个都在叫着吗？这个，我分不清楚。或者它们每个在叫着的节拍像唱歌似的是有一定的调子，也或者那在云幕当中撒下来的声音就是一片。好像在夜里听着海涛的声音似的，那就是一片了。

过去了！过去了！心也有点平静下来。午饭时用过的家具，我要去洗一洗。刚一经过游廊，又被我看见了，又是两只。这次是在南边，前面一个，后面一个，银白色的，远看有点发黑，于是我听到了我的邻家在说：

“这是去轰炸虹桥飞机场。”

我只知道这是下午两点钟，从昨夜就开始的这战争。

至于飞机我就不能够分别了，日本的呢？还是中国的呢？大概是日本的吧！因为是从北边来的，到南边去的，战地是在北边，中国虹桥飞机场是在南边。

我想日本去轰炸虹桥飞机场是真的，于是我又起了很多想头：是日本打胜了吧！所以安闲的去炸中国的后方，是……一定是，那么这是很坏的事情，他们没有止境的屠杀，一定要像大风里的火焰似的那么没有止境……

很快我批驳了我自己的这念头，很快我就被我这没有把握的不正确的热望压倒了：是中国，一定是中国占着一点胜利，日本受了点挫伤。假若是日本占着优势，他一定冲过了中国的阵地而追上去，哪里有工夫用飞机来这边扩大战线呢？

风很大，在游廊上，我拿在手里的家具，感到了点沉重而动摇，一个小白铅锅的盖子，拍啦拍啦的掉下来了，并且在游廊上拍啦拍啦的跑着，我追住了它，就带着它到厨房去了。

至于飞机上的炮弹，落了还是没落呢？我看不见，而且我也听不见，因为东北方面和西北方面炮弹都在开裂着。甚至那炮弹真正从那方面出发，因着回音的关系，我也说不定了。

但那飞机的奇怪的翅子，我是看见了的，我是含着眼泪而看着它们，不，我若真的含着眼泪而看着它们，那就相同遇到了魔鬼而想教导魔鬼那般没有道理。

但在我的窗外，飞着，飞着，飞去又飞来了的，飞得那么高，好像有一分钟那飞机也没离开我的窗口。因着灰色的云层的掠过，真切了，朦胧了，消失了，又出现了，一个来了，一个又来了。看着这些东西，实在的，我的胸口有些疼痛。

一个钟头看着这样我从来没有看过的天空，看得疲乏了。于是，我看着桌上的台灯，台灯的绿色的伞罩上还画着菊花，又看到了箱子上散乱的衣裳，平日弹着的六条弦的大琴，依旧是站在墙角上。一样，什么都是和平常一样，只有窗外的云，和平日有点不一样，还有桌上的短刀和平日有点不一样，紫檀色的刀柄上镶着两块黄铜，而且还装在红牛皮色的套子里。对于它，我看了又看，我相信我自己决不是拿着这短刀而赴前线。

一九三七,八月，十四日

创作于1937年8月14日，首刊于1937年9月11日《七月》周刊（上海）第1期，署名萧红。后刊于1937年10月16日《七月》半月刊（武汉）第1集第1期。

失眠之夜

为什么要这样失眠呢！烦躁，呕心，心跳，胆小，并且想要哭泣。

我想想，也许就是故乡的思虑罢。

窗子外面的天空高远了，和白棉一样绵软的云彩低近了，吹来的风好像带点草原的气味，这就是说已经是秋天了。

在家乡那边，秋天最可爱。

蓝天蓝得有点发黑，白云就像银子做成的一样，就像白色的大花朵似的缀在天上；就又像沉重得快要脱离开天空而坠了下来似的，而那天空就越显得高了，高得再没有那么高的。

昨天，我到朋友们的地方走了一遭，听来了好多的心愿——那许多心愿综合起来，又都是一个心愿——这回若真的打回满洲去。有的说，煮一锅高粱米粥喝；有的说，咱家那地豆多么大！说着就用手比量着，这么大，碗大；珍珠米，老的一煮就开了花的，一尺来长的；还有的说，高粱米粥，咸盐豆。还有的说，若真的打回满洲去，三天三夜不吃饭，打着大旗往家跑。跑到家去自然也免不了先吃高粱米粥或咸盐豆。

比方高粱米那东西，平常我就不愿吃，很硬，有点发涩（也许因为我有胃病的关系），可是经他们这一说，也觉得非吃不可了。

但是什么时候吃呢？那我就不知道了。而况我到底是不怎样热烈的，所以关于这一方面，我终究是不怎样亲切。

但我想我们那门前的蒿草，我想我们那后园里开着的茄子的紫色的小花，黄瓜爬上了架。而那清早，朝阳带着露珠一齐来了！

我一说到蒿草或是黄瓜，三郎就向我摆手或摇头：“不，我们家，门前是两棵柳树，树荫交结着做成门形。再前面是菜园，过了菜园就是山。那金字塔形的山峰，正向着我们家的门口，而两边像蝙蝠的翅膀似的向着村子的东方和西方伸展开去。而后园黄瓜，茄子也种着，最好看的是牵牛花在石头墙的缝际爬遍了，早晨带着露水牵牛花开了……”

“我们家就不这样，没有高山，也没有柳树……只有……”我常常就这样打断他。

有时候，他也不等我说完，他就接下去。我们讲的故事，彼此都好像是讲给自己听，而不是为着对方。

只有那么一天：买来了一张《东北富源图》[1]挂在墙上

了，染着黄色的平原上站着小马，小羊，还有骆驼，还有牵着骆驼的小人；海上就是些小鱼，大鱼，黄色的鱼，红色的好像小瓶似的大肚的鱼，还有黑色的大鲸鱼；而兴安岭和辽宁一带画着许多和海涛似的绿色的山脉。

他的家就在离着渤海不远的山脉中，他的指甲在山脉上爬着："这是大凌河……这是小凌河……哼……没有，这地图是个不完全的，是个略图……"

"好哇！天天说凌河，哪儿有凌河呢！"我不知为什么一提到家乡，常常愿意给他扫兴一点。

"你不相信！我给你看。"他去翻他的书橱去了，"这不是么！大凌河……小凌河……小孩的时候在凌河沿上捉小鱼，拿到山上去，在石头片上用火烤着吃……这边就是沈家台，离我们家二里路……"因为是把地图摊在地板上看的缘故，一面说着，他一面用手扫着他已经垂在前额的发梢。

《东北富源图》就挂在床头，所以第二天早晨，我一张开了眼睛，他就抓住了我的手：

"我想将来我回家的时候，先买两匹驴，一匹你骑着，一匹我骑着……先到我姑姑家，再到我姐姐家……顺便也许看看我的舅舅去……我姐姐很爱我……她出嫁以后，每回来一次临走的时候就哭一次，姐姐也哭，我也哭……这有七八年不见了！也都老了。”

那地图上的小鱼，红的，黑的，都能够看清，我一边看着，一边听着，这一次我没有打断他，或给他扫一点兴。

“买黑色的驴，挂着铃子，走起来……铛啷啷铛啷啷……”他形容着声音的时候，就像他的嘴里边含着铃子似的在响。

“我带你到沈家台去赶集。那赶集的日子，热闹！驴身上挂着烧酒瓶……我们那边，羊肉非常便宜……羊肉炖片粉……真是味道！唉呀！这有多少年没吃那羊肉啦！”他的眉毛和额头上起着很多皱纹。

我在大镜子里边看到了他，他的手从我的手上抽回去，放在他自己的胸上，而后又反背着放在枕头下面去，但很快地又抽出来。只理一理他自己的发梢又放在枕头上去。

而我呢？我想：

“你们家对于外来的所谓‘媳妇’也一样吗？”我想着就这样说了。

这失眠大概也许不是因为这个。但买驴子的买驴子，吃咸盐豆的吃咸盐豆，而我呢？坐在驴子上，所去的仍是生疏的地方，我停留着的仍然是别人的家乡。

家乡这个观念，在我本不甚切，但当别人说起来的时候，我也就心慌了！虽然那块土地在没有成为日本的之前，

“家”在我就等于没有了。

这失眠一直继续到黎明，在黎明之前，在高射炮的声中，我也听到了一声声和家乡一样的震抖在原野上的鸡鸣。

八月，廿二

创作于1937年8月22日，首刊于1937年9月18日《七月》周刊（上海）第2期，署名萧红。后刊于1937年10月16日《七月》半月刊（武汉）第1集第1期。

①《东北富源图》：东北自然资源的地图，1931年东北舆地学社出版，张鸿编，赵云忠绘图。

茶食店

黄桷树镇上开了两家茶食店，一家先开的，另一家稍稍晚了两天。第一家的买卖不怎样好，因为那吃饭用的刀叉虽然还是闪光闪亮的外来品，但是别的玩艺不怎样全，就是说比方装胡椒粉那种小瓷狗之类都没有，酱油瓶是到临用的时候，从这张桌又拿到那张桌的乱拿。墙上什么画也没有，只有一张好似从糖盒子上掀下来的花纸似的那么一张外国美人图，有一尺长不到半尺宽那么大，就用一个图钉钉在墙上的，其余这屋里的装饰还有一棵大芭蕉。

这芭蕉第一天是绿的，第二天是黄的，第三天就腐烂了。

吃饭的人，第一天彼此说“还不错”，第二天就说苍蝇太多了一点，又过了一两天，人们就对着那白盘子里炸着的两块茄子，翻来覆去的看，用刀尖割一下，用叉子叉一下。

“这是什么东西呢？两块茄子，两块洋山芋，这也算是一个菜吗？就这玩艺也要四角五分钱？真是天晓得。”

这西餐馆只开了三五日，镇上的人都感到大不满意了。

第二家一开门，那些镇上的从城里躲轰炸而来住在此的人和一些设在这镇上学校或别的办公厅的一些职员，当天的晚饭就在这里吃的。

盘子，碗，桌布，茶杯，糖罐，酱醋瓶，连装烟灰的瓷碟，都聚了三四个人在那里抢着看，……这家与那家的确不同，是里外两间屋，厨房在什么地方，使人看不见，煎菜的油烟也闻不到，墙上挂着两张画像是老板自己画的，看起来老板颇懂艺术……并且刚一开业来，就开了留声机，这留声机已经好几个月没有听过了。从“五四”轰炸[1]起，人们来到这镇上，过的就是乡下人的生活。这回一听好像这留声机非常好，唱片也好像全新的，声音特别清楚。

一个汤上来了，“不错，真是味道……”

第二个是猪排，这猪排和木片似的，有的人就你看看我，我看看你，想要对这猪排讲一点坏话。可是那唱着的是一个外国歌，很愉快，那调子带了不少高低的转弯，好像从来也未听过似的那样好听，所以这一点味道也没有的猪排，大家也就吃下去了。

奶油和冰淇淋似的，又甜又凉，涂在面包上，很有一种清凉的气味，好像涂的是果子露；那面包拿在手里不用动手去撕就往下掉着碎末，和用锯末子做的似的。大概是和利华药皂放在一起运来的，但也还好吃，因为它终究是面包呵，终究不是别的什么馒头之类呀！

坐在这茶食店的里间里，那张长桌一端上的主人，从小白盘子里拿起帐单看了一看。

共统请了八位客人，才八块多钱。

“这不多。”他说，从口袋里取出十元票子来。

别人把眼睛转过去，也说：

“这不多……不算贵。”

临出来时，推开门，还有一个顶愿意对什么东西都估价的还回头看了看那摆在门口的痰盂。他说：“这家到底不错，就这一只痰盂罢，也要十几块。”（其实就是上海卖八角钱一个的）

这一次晚餐，一个主人和他的七八个客人都没吃饱，但彼此都不发表，都说：

“明天见，明天见。”

他们大家各自走散开了，一边走着一边有人从喉管往上冲着利华药肥皂的气味，但是他们想：“这不贵的，这到底不是西餐吗！”而且那屋子多么像个西餐的样子，墙上有两张外国画，还有瓷痰盂，还有玻璃杯，那先开的那家还成吗？还像样子吗？那买卖还成吗？

他的脑筋闹得很忙乱回家去了。

八月廿八日

创作于1938年8月28日，首刊于1939年10月2日《星岛日报·星座》(香港)第419号，署名萧红。收入大时代书局(重庆)1940年6月初版《萧红散文》。

①“五四”轰炸：指1936年5月3日、4日，日军飞机对重庆市区的大轰炸，轰炸造成两千多人死亡的惨剧。

回忆鲁迅先生

鲁迅先生的笑声是明朗的，是从心里的欢喜。若有人说了什么可笑的话，鲁迅先生笑得连烟卷都拿不住了，常常是笑得咳嗽起来。

鲁迅先生走路很轻捷，尤其使人记得清楚的，是他刚抓起帽子来往头上一扣，同时左腿就伸出去了，仿佛不顾一切的走去。

鲁迅先生不大注意人的衣裳，他说：

“谁穿什么衣裳我看不见的……”

鲁迅先生生的病，刚好了一点，窗子开着，他坐在躺椅上，抽着烟，那天我穿着新奇的火红的上衣，很宽的袖子。

鲁迅先生说：“这天气闷热起来，这就是梅雨天。”他把他装在象牙烟嘴上的香烟，又用手装得紧一点，往下又说了别的。

许先生忙着家务跑来跑去，也没有对我的衣裳加以鉴赏。

于是我说：“周先生，我的衣裳漂亮不漂亮？”

鲁迅先生从上往下看了一眼：“不大漂亮。”

过了一会又加着说："你的裙子配得颜色不对，并不是红上衣不好看，各种颜色都是好看的，红上衣要配红裙子，不然就是黑裙子，咖啡色的就不行了；这两种颜色放在一起很混浊……你没看到外国人在街上走的吗？绝没有下边穿一件绿裙子，上边穿一件紫上衣，也没有穿一件红裙子而后穿一件白上衣的……"

鲁迅先生就在躺椅上看着我："你这裙子是咖啡色的，还带格子，颜色混浊得很，所以把红色衣裳也弄得不漂亮了。"

"……人瘦不要穿黑衣裳，人胖不要穿白衣裳；脚长的女人一定要穿黑鞋子，脚短就一定要穿白鞋子；方格子的衣裳胖人不能穿，但比横格子的还好；横格子的，胖人穿上，就把胖子更往两边裂着，更横宽了，胖子要穿竖条子的，竖的把人显得长，横的把人显的宽……"

那天鲁迅先生很有兴致，把我一双短统靴子也略略批评一下，说我的短靴是军人穿的，因为靴子的前后都有一条线织的拉手，这拉手据鲁迅先生说是放在裤子下边的……

我说："周先生，为什么那靴子我穿了多久了而不告诉我，怎么现在才想起来呢？现在我不是不穿了吗？我穿的这不是另外的鞋吗？"

"你不穿我才说的，你穿的时候，我一说你该不穿了。"

那天下午要赴一个筵会去，我要许先生给我找一点布条或绸条束一束头发。许先生拿了来米色的绿色的还有桃红色的。经我和许先生共同选定的是米色的。为着取美，把那桃红色的，许先生举起来放在我的头发上，并且许先生很开心的说着：

"好看吧！多漂亮！"

我也非常得意，很规矩又顽皮的在等着鲁迅先生往这边看我们。

鲁迅先生这一看，他就生气了，他的眼皮往下一放向我们这边看着：

"不要那样装她……"

许先生有点窘了。

我也安静下来。

鲁迅先生在北平教书时，从不发脾气，但常常好用这种眼光看人，许先生常跟我讲，她在女师大读书时，周先生在课堂上，一生气就用眼睛往下一掠，看着他们，这种眼光鲁迅先生在记范爱农先生的文字曾自己述说过，而谁曾接触过这种眼光的人就会感到一个旷代的全智者的催逼。

我开始问："周先生怎么也晓得女人穿衣裳的这些事情呢？"

“看过书的，关于美学的。”

“什么时候看的……”

“大概是在日本读书的时候……”

“买的书吗？”

“不一定是买的，也许是从什么地方抓到就看的……”

“看了有趣味吗？！”

“随便看看……”

“周先生看这书做什么？”

“……”没有回答。好像很难以答。

许先生在旁说：“周先生什么书都看的。”

在鲁迅先生家里做客人，刚开始是从法租界来到虹口，搭电车也要差不多一个钟头的工夫，所以那时候来的次数比较少，还记得有一次谈到半夜了，一过十二点电车就没有的，但那天不知讲了些什么，讲到一个段落就看看旁边小长桌上的圆钟，十一点半了，十一点四十五分了，电车没有了。

“反正已十二点，电车已没有，那么再坐一会。”许先生如此劝着。

鲁迅先生好像听了所讲的什么引起了幻想，安顿的举着象牙烟嘴在沉思着。

一点钟以后，送我（还有别的朋友）出来的是许先生，外边下着的濛濛的小雨，弄堂里灯光全然灭掉了，鲁迅先生嘱咐许先生一定让坐小汽车回去，并且一定嘱咐许先生付钱。

以后也住到北四川路来，就每夜饭后必到大陆新村来了，刮风的天，下雨的天，几乎没有间断的时候。

鲁迅先生很喜欢北方饭。还喜欢吃油炸的东西，喜欢吃硬的东西，就是后来生病的时候，也不大吃牛奶。鸡汤端到旁边用调羹舀了一二下就算了事。

有一天约好我去包饺子吃，那还是住在法租界，所以带了外国酸菜和用绞肉机绞成的牛肉，就和许先生站在客厅后边的方桌边包起来。海婴公子围着闹得起劲，一会把按成圆饼的面拿去了，他说做了一只船来，送在我们的眼前，我们不看他，转身他又做了一只小鸡。许先生和我都不去看他，对他竭力避免加以赞美，若一赞美起来，怕他更做得起劲。

客厅后没到黄昏就先黑了，背上感到些微的寒凉，知道衣裳不够了，但为着忙，没有加衣裳去。等把饺子包完了看看那数目并不多，这才知道许先生和我们谈话谈得太多，误了工作。许先生怎样离开家的，怎样到天津读书的，在女师大读书时怎样做了家庭教师。她去考家庭教师的那一段描写，非常有趣，只取一名，可是考了好几十名，她之能够当选算是难的了。指望对于学费有点补足，冬天来了，北平又冷，那家离学校又远，每月除了车子钱之外，若伤风感冒还得自己拿出买阿司匹林的钱来，每月薪金十元要从西城跑到东城……

饺子煮好，一上楼梯，就听到楼上明朗的鲁迅先生的笑声冲下楼梯来，原来有几个朋友在楼上也正谈得热闹。那一天吃得是很好的。

以后我们又做过韭菜合子，又做过荷叶饼，我一提议，鲁迅先生必然赞成，而我做的又不好，可是鲁迅还是在饭桌上举着筷子问许先生：“我再吃几个吗？”

因为鲁迅先生胃不大好，每饭后必吃“脾自美”胃药丸一二粒。

有一天下午鲁迅先生正在校对着瞿秋白的《海上述林》，我一走进卧室去，从那圆转椅上鲁迅先生转过来了，向着我，还微微站起了一点。

“好久不见，好久不见。”一边说着一边向我点头。

刚刚我不是来过了吗？怎么会好久不见？就是上午我来的那次周先生忘记了，可是我也每天来呀……怎么都忘记了吗？

周先生转身坐在躺椅上才自己笑起来，他是在开着玩笑。

梅雨季，很少有晴天，一天的上午刚一放晴，我高兴极了，就到鲁迅先生家去了，跑得上楼还喘着，鲁迅先生说："来啦！"我说："来啦！"

我喘着连茶也喝不下。

鲁迅先生就问我：

"有什么事吗？"

我说："天晴啦，太阳出来啦。"

许先生和鲁迅先生都笑着，一种对于冲破忧郁心境的展然的会心的笑。

海婴一看到我非拉我到院子里和他一道玩不可，拉我的头发或拉我的衣裳。

为什么他不拉别人呢？据周先生说："他看你梳着辫子，和他差不多，别人在他眼里都是大人，就看你小。"

许先生问着海婴："你为什么喜欢她呢？不喜欢别人？"

"她有小辫子。"说着就来拉我的头发。

鲁迅先生家生客人很少，几乎没有，尤其是住在他家里的人更没有。一个礼拜六的晚上，在二楼上鲁迅先生的卧室里摆好了晚饭，围着桌子坐满了人。每逢礼拜六晚上都是这样的，周建人先生带着全家来拜访的。在桌子边坐着一个很瘦的很高的穿着中国小背心的人，鲁迅先生介绍说："这是一位同乡，是商人。"

初看似乎对的，穿着中国裤子，头发剃得很短。当吃饭时，他还让别人酒，也给我倒一盅，态度很活泼，不大像个商人；等吃完了饭，又谈到《伪自由书》及《二心集》。这个商人，开明得很，在中国不常见。没有见过的，就总不大放心。

下一次是在楼下客厅后的方桌上吃晚饭，那天很晴，一阵阵的刮着热风，虽然黄昏了，客厅后还不昏黑。鲁迅先生是新剪的头发，还能记得桌上有一碗黄花鱼，大概是顺着鲁迅先生的口味，是用油煎的。鲁迅先生前面摆着一碗酒，酒碗是扁扁的，好像用做吃饭的饭碗。那位商人先生也能喝酒，酒瓶手就站在他的旁边。他说蒙古人什么样，苗人什么样，从西藏经过时，那西藏女人见了男人追她，她就如何如何。

这商人可真怪，怎么专门走地方，而不做买卖？并且鲁迅先生的书他也全读过，一开口这个，一开口那个。并且海婴叫他 × 先生，我一听那 × 字就明白他是谁了。×

先生常常回来得很迟，从鲁迅先生家里出来，在弄堂里遇到了几次。

有一天晚上 × 先生从三楼下来，手里提着小箱子，身上穿着长袍子，站在鲁迅先生的面前，他说他要搬了。他告了辞，许先生送他下楼去了。这时候周先生在地板上绕了两个圈子，问我说：

“你看他到底是商人吗？”

“是的。”我说。

鲁迅先生很有意思的在地板上走几步，而后向我说：“他是贩卖私货的商人，是贩卖精神上的……”

× 先生走过二万五千里回来的。

青年人写信，写得太草率，鲁迅先生是深恶痛绝之的。

“字不一定要写得好，但必须得使人一看了就认识，年青人现在都太忙了……他自己赶快胡乱写完了事，别人看了三遍五遍看不明白，这费了多少工夫，他不管。反正这费了功夫不是他的。这存心是不太好的。”

但他还是展读着每封由不同角落里投来的青年的信，眼睛不济时，便戴起眼镜来看，常常看到夜里很深的时光。

鲁迅先生坐在 ×× 电影院楼上的第一排，那片名忘记了，新闻片是苏联纪念五一节的红场。

“这个我怕看不到的……你们将来可以看得到。”鲁迅先生向我们周围的人说。

珂勒惠支的画，鲁迅先生最佩服，同时也很佩服她的做人，珂勒惠支受希特拉的压迫，不准她做教授，不准她画画，鲁迅先生常讲到她。

史沫特烈，鲁迅先生也讲到，她是美国女子，帮助印度独立运动，现在又在援助中国。

鲁迅先生介绍人去看的电影：《夏伯阳》《复仇艳遇》……其余的如《人猿泰山》……或者非洲的怪兽这一类的影片，也常介绍给人的。鲁迅先生说：“电影没有什么好的，看看鸟兽之类倒可以增加些对于动物的知识。”

鲁迅先生不游公园，住在上海十年，兆丰公园没有进过。虹口公园这么近也没有进过。春天一到了，我常告诉周先生，我说公园里的土松软了，公园里的风多么柔和，周先生答应选个晴好的天气，选个礼拜日，海婴休假日，好一道去，坐一乘小汽车一直开到兆丰公园，也算是短途旅行，但这只是想着而未有做到，并且把公园给下了定义。鲁迅先生说：“公园的样子我知道的……一进门分做两条路，一条通左边，一条通右边，沿着路种着点柳树什么树的，树下摆着几张长椅子，再远一点有个水池子。”

我是去过兆丰公园的，也去过虹口公园或是法国公园的，仿佛这个定义适用在任何国度的公园设计者。

鲁迅先生不戴手套，不围围巾，冬天穿着黑石蓝的棉布袍子，头上戴着灰色毡帽，脚穿黑帆布胶皮底鞋。

胶皮底鞋夏天特别热，冬天又凉又湿，鲁迅先生的身体不算好，大家都提议把这鞋子换掉。鲁迅先生不肯，他说胶皮底鞋子走路方便。

“周先生一天走多少路呢？也不就一转弯到 ×× 书店走一趟吗？”

鲁迅先生笑而不答。

“周先生不是很好伤风吗？不围巾子，风一吹不就伤风了吗？”

鲁迅先生这些个都不习惯，他说：

“从小就没戴过手套围巾，戴不惯。”

鲁迅先生一推开门从家里出来时，两只手露在外边，很宽的袖口冲着风就向前走，腋下夹着个黑绸子印花的包袱，里边包着书或者是信，到老靶子路书店去了。

那包袱每天出去必带出去，回来必带回来。出去时带着给青年们的信，回来又从书店带来新的信和青年请鲁迅先生看的稿子。

鲁迅先生抱着印花包袱从外边回来，还提着一把伞，一进门客厅里早坐着客人，把伞挂在衣架上就陪客人谈起话来。谈了很久了，伞上的水滴顺着伞杆在地板上已经聚了一堆水。

鲁迅先生上楼去拿香烟，抱着印花包袱，而那把伞也没有忘记，顺手也带到楼上去。

鲁迅先生的记忆力非常之强，他的东西从不随便散置在任何地方。

鲁迅先生很喜欢北方口味。许先生想请一个北方厨子，鲁迅先生以为开销太大，请不得的，男佣人，至少要十五元钱的工钱。

所以买米买炭都是许先生下手。我问许先生为什么用两个女佣人都是年老的，都是六七十岁的？许先生说她们做惯了，海婴的保姆，海婴几个月时就在这里。

正说着那矮胖胖的保姆走下楼梯来了，和我们打了个迎面。

“先生，没吃茶吗？”她赶快拿了杯子去倒茶，那刚刚下楼时气喘的声音还在喉管里咕噜咕噜的，她确实年老了。

来了客人，许先生没有不下厨房的，菜食很丰富，鱼，肉……都是用大碗装着，起码四五碗，多则七八碗。可是平常就只三碗菜：一碗素炒豌豆苗，一碗笋炒咸菜，再一碗黄花鱼。

这菜简单到极点。

鲁迅先生的原稿，在拉都路一家炸油条的那里用着包油条，我得到了一张，是译《死魂灵》的原稿，写信告诉了鲁迅先生。鲁迅先生不以为希奇。许先生倒很生气。

鲁迅先生出书的校样，都用来揩桌，或做什么的。请客人在家里吃饭，吃到半道，鲁迅先生回身去拿来校样给大家分着。客人接到手里一看，这怎么可以？鲁迅先生说：

“擦一擦，拿着鸡吃，手是腻的。”

到洗澡间去，那边也摆着校样纸。

许先生从早晨忙到晚上，在楼下陪客人，一边还手里打着毛线。不然就是一边谈着话一边站起来用手摘掉花盆里花上已干枯了的叶子。许先生每送一个客人，都要送到楼下的门口，替客人把门开开，客人走出去而后轻轻的关了门再上楼来。

来了客人还到街上去买鱼或买鸡，买回来还要到厨房里去工作。

鲁迅先生临时要寄一封信，就得许先生换起皮鞋子来到邮局或者大陆新村旁边信筒那里去。落着雨天，许先生就打起伞来。

许先生是忙的，许先生的笑是愉快的，但是头发有一些是白了的。

夜里去看电影，施高塔路的汽车房只有一辆车，鲁迅先生一定不坐，一定让我们坐。许先生，周建人夫人……海婴，周建人先生的三位女公子。我们上车了。

鲁迅先生和周建人先生，还有别的一二位朋友在后边。

看完了电影出来，又只叫到一部汽车，鲁迅先生又一定不肯坐，让周建人先生的全家坐着先走了。

鲁迅先生旁边走着海婴，过了苏州河的大桥去等电车去了。等了二三十分钟电车还没有来，鲁迅先生依着沿苏州河的铁栏杆坐在桥边的石围上了，并且拿出香烟来，装上烟嘴，悠然的吸着烟。

海婴不安的来回的乱跑，鲁迅先生还招呼他和自己并排的坐下。

鲁迅先生坐在那儿和一个乡下的安静老人一样。

鲁迅先生吃的是清茶，其余不吃别的饮料。咖啡、可可、牛奶、汽水之类，家里都不预备。

鲁迅先生陪客人到夜深，必同客人一道吃些点心，那饼干就是从铺子里买来的，装在饼干盒子里，到夜深许先生拿着碟子取出来，摆在鲁迅先生的书桌上，吃完了，许先生打开立柜再取一碟。还有向日葵子差不多每来客人必不可少。鲁迅先生一边抽着烟，一边剥着瓜子吃，吃完了一碟鲁迅先生必请许先生再拿一碟来。

鲁迅先生备有两种纸烟，一种价钱贵的，一种便宜的。便宜的是绿听子的，我不认识那是什么牌子，只记得烟头上带着黄纸的嘴，每五十支的价钱大概是四角到五角，是鲁迅先生自己平日用的。另一种是白听子的，是前门烟，用来招待客人的，白听烟放在鲁迅先生书桌的抽屉里。来客人鲁迅先生下楼，把它带到楼下去，客人走了，又带回楼上来照样放在抽屉里。而绿听子的永远放在书桌上，是鲁迅先生随时吸着的。

鲁迅先生的休息，不听留声机，不出去散步，也不倒在床上睡觉，鲁迅先生自己说：

“坐在椅子上翻一翻书就是休息了。”

鲁迅先生从下午两三点钟起就陪客人，陪到五点钟，陪到六点钟，客人若在家吃饭，吃完饭又必要在一起喝茶，或者刚刚吃完茶走了，或者还没走又来了客人，于是又陪下去，陪到八点钟，十点钟，常常陪到十二点钟。从下午两三点钟起，陪到夜里十二点，这么长的时间，鲁迅先生都是坐在藤躺椅上，不断的吸着烟。

客人一走，已经是下半夜了，本来已经是睡觉的时候了，可是鲁迅先生正要开始工作。在工作之前，他稍微阖一阖眼睛，燃起一支烟来，躺在床边上，这一支烟还没有吸完，许先生差不多就在床里边睡着了。（许先生为什么睡得这样快？因为第二天早晨六七点钟就要起来管理家务。）海婴这时也在三楼和保姆一道睡着了。

全楼都寂静下去，窗外也是一点声音没有了，鲁迅先生站起来，坐到书桌边，在那绿色的台灯下开始写文章了。

许先生说鸡鸣的时候，鲁迅先生还是坐着，街上的汽车嘟嘟的叫起来了，鲁迅先生还是坐着。

有时许先生醒了，看着玻璃窗白萨萨的了，灯光也不显得怎样亮了，鲁迅先生的背影不像夜里那样黑大。

鲁迅先生的背影是灰黑色的，仍旧坐在那里。

人家都起来了，鲁迅先生才睡下。

海婴从三楼下来了，背着书包，保姆送他到学校去，经过鲁迅先生的门前，保姆总是吩咐他说：

“轻一点走，轻一点走。”

鲁迅先生刚一睡下，太阳就高起来了。太阳照着隔院子的人家，明亮亮的，照着鲁迅先生花园的夹竹桃，明亮亮的。

鲁迅先生的书桌整整齐齐的，写好的文章压在书下边，毛笔在烧瓷的小龟背上站着。

一双拖鞋停在床下，鲁迅先生在枕头上边睡着了。

鲁迅先生喜欢吃一点酒，但是不多吃，吃半小碗或一碗。鲁迅先生吃的是中国酒，多半是花雕。

老靶子路有一家小吃茶店，只有门面一间，在门面里边设座，座少，安静，光线不充足，有些冷落。鲁迅先生常到这吃茶店来，有约会多半是在这里边，老板是犹太人也许是白俄，胖胖的，中国话大概他听不懂。

鲁迅先生这一位老人，穿着布袍子，有时到这里来，泡一壶红茶，和青年人坐在一道谈了一两个钟头。

有一天鲁迅先生的背后那茶座里边坐着一位摩登女子，

身穿紫裙子黄衣裳，头戴花帽子……那女子临走时，鲁迅先生一看她，就用眼瞪着她，很生气的看了她半天。而后说：

“是做什么的呢？”

鲁迅先生对于穿着紫裙子黄衣裳，花帽子的人就是这样看法的。

鬼到底是有的是没有的？传说上有人见过，还跟鬼说过话，还有人被鬼在后边追赶过，吊死鬼一见了人就贴在墙上。但没有一个人捉住一个鬼给大家看看。

鲁迅先生讲了他看见过鬼的故事给大家听：

“是在绍兴……”鲁迅先生说，“三十年前……”

那时鲁迅先生从日本读书回来，在一个师范学堂里也不知是什么学堂里教书，晚上没有事时，鲁迅先生总是到朋友家去谈天。这朋友住的离学堂几里路，几里路不算远，但必得经过一片坟地。谈天有的时候就谈得晚了，十一二点钟才回学堂的事也常有，有一天鲁迅先生就回去得很晚，天空有很大的月亮。

鲁迅先生向着归路走得很起劲时，往远处一看，远远有一个白影。

鲁迅先生不相信鬼的，在日本留学时是学的医，常常把死人抬来解剖的，鲁迅先生解剖过二十几个，不但不怕鬼，对死人也不怕，所以对坟地也就根本不怕。仍旧是向前走的。

走了不几步，那远处的白影没有了，再看突然又有了。并且时小时大，时高时低，正和鬼一样。鬼不就是变幻无常的吗？

鲁迅先生有点踌躇了，到底向前走呢？还是回过头来走？本来回学堂不止这一条路，这不过是最近的一条就是了。

鲁迅先生仍是向前走，到底要看一看鬼是什么样，虽然那时候也怕了。

鲁迅先生那时从日本回来不久，所以还穿着硬底皮鞋。鲁迅先生决心要给那鬼一个致命的打击，等走到那白影的旁边时，那白影缩小了，蹲下了，一声不响的靠住了一个坟堆。

鲁迅先生就用了他的硬皮鞋踢出去。

那白影噢的一声叫起来，随着就站起来，鲁迅先生定眼看去，他却是个人。

鲁迅先生说在他踢的时候，他是很害怕的，好像若一下不把那东西踢死，自己反而会遭殃的，所以用了全力踢出去。

原来是个盗墓子的人在坟场上半夜作着工作。

鲁迅先生说到这里就笑了起来。

“鬼也是怕踢的，踢他一脚就立刻变成人了。”

我想，倘若是鬼常常让鲁迅先生踢踢倒是好的，因为给了他一个做人的机会。

从福建菜馆叫的菜，有一碗鱼做的丸子。

海婴一吃就说不新鲜，许先生不信，别的人也都不信。因为那丸子有的新鲜，有的不新鲜，别人吃到嘴里的恰好都是没有改味的。

许先生又给海婴一个，海婴一吃，又不是好的，他又嚷嚷着。别人都不注意，鲁迅先生把海婴碟里的拿来尝尝，果然不是新鲜的。鲁迅先生说：

“他说不新鲜，一定也有他的道理，不加以查看就抹杀是不对的。”

……

以后我想起这件事来，私下和许先生谈过，许先生说：“周先生的做人，真是我们学不了的。哪怕一点点小事。”

鲁迅先生包一个纸包也要包得整整齐齐，常常把要寄出的书，鲁迅先生从许先生手里拿过来自己包，许先生本来包得多么好，而鲁迅先生还要亲自动手。

鲁迅先生把书包好了，用细绳捆上，那包方方正正的，连一个角也不准歪一点或扁一点，而后拿着剪刀，把捆书的那绳头都剪得整整齐齐。

就是包这书的纸都不是新的，都是从街上买东西回来留下来的。许先生上街回来把买来的东西一打开随手就把包东西的牛皮纸折起来，随手把小细绳圈了一个圈。若小细绳上有一个疙瘩，也要随手把它解开的。准备着随时用随时方便。

鲁迅先生住的是大陆新村九号。

一进弄堂口，满地铺着大方块的水门汀，院子里不怎样嘈杂，从这院子出入的有时候是外国人，也能够看到外国小孩在院子里零星的玩着。

鲁迅先生隔壁挂着一块大的牌子，上面写着一个“茶”字。

在一九三五年十月一日。

鲁迅先生的客厅摆着长桌，长桌是黑色的，油漆不十分新鲜，但也并不破旧，桌上没有铺什么桌布，只在长桌的当心摆着一个绿豆青色的花瓶，花瓶里长着几株大叶子的万年青，围着长桌有七八张木椅子。尤其是在夜里，全弄堂一点什么声音也听不到。

那夜，就和鲁迅先生和许先生一道坐在长桌旁边喝茶的。当夜谈了许多关于伪满洲国的事情，从饭后谈起，一直谈到九点钟十点钟而后到十一点，时时想退出来，让鲁迅先生好早点休息，因为我看出来鲁迅先生身体不大好，又加上听许先生说过，鲁迅先生伤风了一个多月，刚好了的。

但是鲁迅先生并没有疲倦的样子。虽然客厅里也摆着一张可以卧倒的藤椅，我们劝他几次想让他坐在藤椅上休息一下，但是他没有去，仍旧坐在椅子上。并且还上楼一次，去加穿了一件皮袍子。

那夜鲁迅先生到底讲了些什么，现在记不起来了。也许想起来的不是那夜讲的而是以后讲的也说不定。过了十一点，天就落雨了，雨点淅沥淅沥的打在玻璃窗上，窗子没有窗帘，所以偶一回头，就看到玻璃窗上有小水流往下流。夜已深了，并且落了雨，心里十分着急，几次站起来想要走，但是鲁迅先生和许先生一再说再坐一下："十二点钟以前终归有车子可搭的。"所以一直坐到将近十二点，才穿起雨衣来，打开客厅外边的响着的铁门，鲁迅先生非要送到铁门外不可。我想为什么他一定要送呢？对于这样年轻的客人，这样的送是应该的吗？雨不会打湿了头发，受了寒伤风不又要继续下去吗？站在铁门外边，鲁迅先生说，并且指着隔壁那家写着“茶”字的大牌子：“下次来记住这个‘茶’字，就是这个‘茶’的隔壁。”而且伸出手去，几乎是触到了钉在锁门旁边的那个九号的“九”字，“下次来记住‘茶’的旁边九号。”

于是脚踏着方块的水门汀，走出弄堂来，回过身去往院子里边看了一看，鲁迅先生那一排房子统统是黑洞洞的，若不是告诉得那样清楚，下次来恐怕要记不住的。

鲁迅先生的卧室，一张铁架大床，床顶上遮着许先生亲手做的白布刺花的围子，顺着床的一边折着两床被子，都是很厚的，是花洋布的被面。挨着门口的床头的方面站着抽屉柜。一进门的左手摆着八仙桌，桌子的两旁藤椅各一，立柜站在和方桌一排的墙角，立柜本是挂衣裳的，衣裳却很少，都让糖盒子，饼干筒子，瓜子罐给塞满了。有一次 ×× 老板的太太来拿版权的图章花，鲁迅先生就从立柜下边大抽屉里取出的。沿着墙角望窗子那边走，有一张装饰台，桌子上有一个方形的满浮着绿草的玻璃养鱼池，里边游着的不是金鱼而是灰色的扁肚子的小鱼。除了鱼池之外另有一只圆的表，其余那上边满装着书。铁架床靠窗子的那头的书柜里书柜外都是书。最后是鲁迅先生的写字台，那上边也都是书。

鲁迅先生家里，从楼上到楼下，没有一个沙发，鲁迅先生工作时坐的椅子是硬的，休息时的藤椅是硬的，到楼下陪客人时坐的椅子又是硬的。

鲁迅先生的写字台面向着窗子，上海弄堂房子的窗子差不多满一面墙那么大，鲁迅先生把它关起来，因为鲁迅先生工作起来有一个习惯，怕吹风，他说，风一吹，纸就动，时时防备着纸跑，文章就写不好。所以屋子热得和蒸笼似的，请鲁迅先生到楼下去，他又不肯，鲁迅先生的习惯是不换地方。有时太阳照进来，许先生劝他把书桌移开一点都不肯。只有满身流汗。

鲁迅先生的写字桌，铺了一张蓝格子的油漆布，四角都用图钉按着。桌子上有小砚台一方，墨一块，毛笔站在笔架上，笔架是烧瓷的，在我看来不很细致，是一个龟，龟背上带着好几个洞，笔就插在那洞里。鲁迅先生多半是用毛笔的，钢笔也不是没有，是放在抽屉里。桌上有一个方大的白瓷的烟灰盒，还有一个茶杯，杯子上戴着盖。

鲁迅先生的习惯与别人不同，写文章用的材料和来信都压在桌子上，把桌子都压得满满的，几乎只有写字的地方可以伸开手，其余桌子的一半被书或纸张占有着。

左手边的桌角上有一个带绿灯罩的台灯，那灯泡是横着装的，在上海那是极普通的台灯。

冬天在楼上吃饭，鲁迅先生自己拉着电线把台灯的机关从棚顶的灯头上拔下，而后装上灯泡子。等饭吃过了，许先生再把电线装起来，鲁迅先生的台灯就是这样做成的，拖着一根长的电线在棚顶上。

鲁迅先生的文章，多半是从这台灯下写的。因为鲁迅先生的工作时间，多半是下半夜一两点起，天将明了休息。

卧室就是如此，墙上挂着海婴公子一个月婴孩的油画像。

挨着卧室的后楼里边，完全是书了，不十分整齐，报纸和杂志或洋装的书，都混在这间屋子里，一走进去多少还有些纸张气味。地板被书遮盖得太小了，几乎没有了，大网篮也堆在书中。墙上拉着一条绳子或者是铁丝，就在那上边系了小提盒、铁丝笼之类。风干荸荠就盛在铁丝笼里，扯着的那铁丝几乎被压断了在弯弯着。一推开藏书室的窗子，窗子外边还挂着一筐风干荸荠。

“吃吧，多得很，风干的，格外甜。”许先生说。

楼下厨房传来了煎菜的锅铲的响声，并且两个年老的娘姨慢重重的在讲一些什么。

厨房是家里最热闹的一部分。整个三层楼都是静静的，喊娘姨的声音没有，在楼梯上跑来跑去的声音没有。鲁迅先生家里五六间房子只住着五个人，三位是先生的全家，余下的二位是年老的女佣人。

来了客人都是许先生亲自倒茶，即或是麻烦到娘姨时，也是许先生下楼去吩咐，绝没有站到楼梯口就大声呼唤的时候。所以整个的房子都在静悄悄之中。

只有厨房比较热闹了一点，自来水花花的流着，洋瓷盆在水门汀的水池子上每拖一下磨着嚓嚓的响，洗米的声音也是嚓嚓的。鲁迅先生很喜欢吃竹笋的，在菜板上切着笋片笋丝时，刀刃每划下去都是很响的。其他比起别人家的厨房来却冷清极了，所以洗米声和切笋声都分开来听得样样清清晰晰。

客厅的一边摆着并排的两个书架，书架是带玻璃橱的，里面有朵斯托益夫斯基的全集和别的外国作家的全集，大半多是日文译本。地板上没有地毯，但擦得非常干净。

海婴公子的玩具橱也站在客厅里，里边是些毛猴子，橡皮人，火车汽车之类，里边装得满满的，别人是数不清的，只有海婴自己伸手到里边找些什么就有什么。过新年时在街上买的兔子灯，纸毛上已经落了灰尘了，仍摆在玩具橱顶上。

客厅只有一个灯头，大概五十烛光。客厅的后门对着上楼的楼梯，前门一打开有一个一方丈大小的花园，花园里没有什么花看，只有一株很高的七八尺高的小树，大概那树是柳桃，一到了春天，喜欢生长蚜虫，忙得许先生拿着喷蚊虫的机器，一边陪着谈话，一边喷着杀虫药水。沿了墙根，种了一排玉米，许先生说："这玉米长不大的，这土是没有养料的，海婴一定要种。"

春天，海婴在花园里掘着泥沙，培植着各种玩艺。

三楼则特别静了，向着太阳开着两扇玻璃门，门外有一个水门汀的突出的小廊子，春天很温暖的抚摸着门口长垂着的帘子，有时候帘子被风打得很高，飘扬的饱满得和大鱼泡似的。那时候隔院的绿树照进玻璃门扇里来了。

海婴坐在地板上装着小工程师在修着一座楼房，他那楼房是用椅子横倒了架起来修的，而后遮起一张被单来算作屋瓦，全个房子在他自己拍着手的赞誉声中完成了。

这屋间感到些空旷和寂寞，既不像女工住的屋子，又不像儿童室。海婴的眠床靠着屋子的一边放着，那大圆顶帐子日里也不打起来，长拖拖的好像从棚顶一直垂到地板上，那床是非常讲究的，属于刻花的木器一类的。许先生讲过，租这房子时，从前一个房客转留下来的。海婴和他的保姆，就睡在五六尺宽的大床上。

冬天烧过的火炉，三月里还冷冰冰的在地板上站着。

海婴不大在三楼上玩的，除了到学校去，就是在院子里踏脚踏车，他非常喜欢跑跳，所以厨房，客厅，二楼，他是无处不跑的。

三楼整天在高处空着，三楼的后楼住着另一个老女工，一天很少上楼来，所以楼梯擦过之后，一天到晚干净得溜明。

一九三六年三月里鲁迅先生病了，靠在二楼的躺椅上，心脏跳动得比平日厉害，脸色略微灰了一点。

许先生正相反的，脸色是红的，眼睛显得大了，讲话的声音是平静的，态度并没有比平日慌张。在楼下，一走进客厅来许先生就告诉说：

“周先生病了，气喘……喘得厉害，在楼上靠在躺椅上。”

鲁迅先生呼喘的声音，不用走到他的旁边，一进了卧室就听得到的。鼻子和胡须在扇着，胸部一起一落。眼睛闭着，差不多永久不离开手的纸烟，也放弃了。躺藤椅后边靠着枕头，鲁迅先生的头有些向后，两只手空闲的垂着。眉头仍和平日一样没有聚皱，脸上是平静的，舒展的，似乎并没有任何痛苦加在身上。

“来了吗？”鲁迅先生睁一睁眼睛，“不小心，着了凉……呼吸困难……到藏书的房子去翻一翻书……那房子因为没有人住，特别凉……回来就……”

许先生看周先生说话吃力，赶快接着说周先生是怎样气喘的。

医生看过了，吃了药，但喘并未停。下午医生又来过，刚刚走。

卧室在黄昏里边一点一点的暗下去，外边起了一点小风，隔院的树被风摇着发响。别人家的窗子有的被风打着发出自动关开的响声，家家的流水道都是花拉花拉的响着水声，一定是晚餐之后洗着杯盘的剩水。晚餐后该散步的散步去了，该会朋友的会朋友去了，弄堂里来去的稀疏不断的走着人，而娘姨们还没有解掉围裙呢，就依着后门彼此搭讪起来。小孩子们三五一伙前门后门的跑着，弄堂外汽车穿来穿去。

鲁迅先生坐在躺椅上，沉静的，不动的阖着眼睛，略微灰了的脸色被炉里的火光染红了一点。纸烟听子蹲在书桌上，盖着盖子，茶杯也蹲在桌子上。

许先生轻轻的在楼梯上走着，许先生一到楼下去，二楼就只剩了鲁迅先生一个人坐在椅子上，呼喘把鲁迅先生的胸部有规律性的抬得高高的。

“鲁迅先生必得休息的，”须藤老医生是这样说的。可是鲁迅先生从此不但没有休息，并且脑子里所想的更多了，要做的事情都像非立刻就做不可，校《海上述林》的校样，印珂尔惠支的画，翻译《死魂灵》下部；刚好了，这些就都一起开始了，还计算着出三十年集（即《鲁迅全集》）。

鲁迅先生感到自己的身体不好，就更没有时间注意身体，所以要多作，赶快作。当时大家不解其中的意思，都以为鲁迅先生不加以休息不以为然，后来读了鲁迅先生《死》的那篇文章才了然了。

鲁迅先生知道自己的健康不成了，工作的时间没有几年了，死了是不要紧的，只要留给人类更多，鲁迅先生就是这样。

不久书桌上德文字典和日文字典都摆起来了，果戈里的《死魂灵》，又开始翻译了。

鲁迅先生的身体不大好，容易伤风，伤风之后，照常要陪客人，回信，校稿子。所以伤风之后总要拖下去一个月或半个月的。

瞿秋白的《海上述林》校样，一九三五年冬，一九三六年的春天，鲁迅先生不断的校着，几十万字的校样，要看三遍，而印刷所送校样来总是十页八页的，并不是统统一道的送来，所以鲁迅先生不断的被这校样催索着，鲁迅先生竟说：

“看吧，一边陪着你们谈话，一边看校样，眼睛可以看，耳朵可以听……”

有时客人来了，一边说着笑话，一边鲁迅先生放下了笔。有的时候也说：“就剩几个字了……请坐一坐……”

一九三五年冬天许先生说：

“周先生的身体是不如从前了。”

有一次鲁迅先生到饭馆里去请客，来的时候兴致很好，还记得那次吃了一只烤鸭子，整个的鸭子用大钢叉子叉上来时，大家看着这鸭子烤的又油又亮的，鲁迅先生也笑了。

菜刚上满了，鲁迅先生就到竹躺椅上吸一支烟，并且阖一阖眼睛。一吃完了饭，有的喝多了酒的，大家都乱闹了起来，彼此抢着苹果，彼此讽刺着玩，说着一些刺人可笑的话。而鲁迅先生这时候，坐在躺椅上，阖着眼睛，很庄严的在沉默着，让拿在手上纸烟的烟丝，慢慢的上升着。

别人以为鲁迅先生也是喝多了酒吧！

许先生说，并不的。

“周先生的身体是不如从前了，吃过了饭总要阖一阖眼稍微休息一下，从前一向没有这习惯。”

周先生从椅子上站起来了，大概说他喝多了酒的话让他听到了。

“我不多喝酒的。小的时候，母亲常提到父亲喝了酒，脾气怎样坏，母亲说，长大了不要喝酒，不要像父亲那样子……所以我不多喝的……从来没喝醉过……”

鲁迅先生休息好了，换了一支烟，站起来也去拿苹果吃，可是苹果没有了。鲁迅先生说：

“我争不过你们了，苹果让你们抢没了。”

有人抢到手的还在保存着的苹果，奉献出来，鲁迅先生没有吃，只在吸烟。

一九三六年春，鲁迅先生的身体不大好，但没有什么病，吃过了夜饭，坐在躺椅上，总要闭一闭眼睛沉静一会。

许先生对我说，周先生在北平时，有时开着玩笑，手按着桌子一跃就能够跃过去，而近年来没有这么做过，大概没有以前那么灵便了。

这话许先生和我是私下讲的，鲁迅先生没有听见，仍靠在躺椅上沉默着呢。

许先生开了火炉的门，装着煤炭花花的响，把鲁迅先生震醒了。一讲起话来鲁迅先生的精神又照常一样。

鲁迅先生睡在二楼的床上已经一个多月了，气喘虽然停止，但每天发热，尤其是在下午热度总在三十八度三十九度之间，有时也到三十九度多，那时鲁迅先生的脸色是微红的，目力是疲弱的，不吃东西，不大多睡，没有一些呻吟，似乎全身都没有什么痛楚的地方。躺在床上有的时候张开眼睛看着，有的时候似睡非睡的安静的躺着，茶吃得很少。差不多一刻也不停的吸纸烟，而今几乎完全放弃了，纸烟听子不放在床边，而仍很远的蹲在书桌上，若想吸一支，是请许先生付给的。

许先生从鲁迅先生病起，更过度的忙了。按着时间给鲁迅先生吃药，按着时间给鲁迅先生试温度表，试过了之后还要把一张医生发给的表格填好，那表格是一张硬纸，上面画了无数根线，许先生就在这张纸上拿着米度尺画着度数，那表画得和尖尖的小山丘似的，又像尖尖的水晶石，高的低的一排连的站着。许先生虽然每天画，但那像是一条接连不断的线，不过从低处到高处，从高处到低处，这高峰越高越不好，也就是鲁迅先生的热度越高了。

来看鲁迅先生的人，多半都不到楼上来了，为的是请鲁迅先生好好的静养，所以把陪客人这些事也推到许先生身上来了。还有书、报、信，都要许先生看过，必要的就告诉鲁迅先生，不十分必要的，就先把它放在一处放一放，等鲁迅先生好些了再取出来交给他。然而这家庭里边还有许多琐事，比方年老的娘姨病了，要请两天假；海婴的牙齿脱掉一个要到牙医那里去看过，但是带他去的人没有，又得许先生。海婴在幼稚园里读书，又是买铅笔，买皮球，还有临时出些个花头，跑上楼来了，说要吃什么花生糖什么牛奶糖，他上楼来是一边跑着一边喊着，许先生连忙拉住了他，拉他下了楼才跟他讲：

“爸爸病啦。”而后拿出钱来，嘱咐好了娘姨，只买几块糖而不准让他格外的多买。

收电灯费的来了，在楼下一打门，许先生就得赶快往楼下跑，怕的是再多打几下，就要惊醒了鲁迅先生。

海婴最喜欢听讲故事，这也是无限的麻烦，许先生除了陪海婴讲故事之外，还要在长桌上偷一点工夫来看鲁迅先生为着病耽搁下来的尚未校完的校样。

在这期间，许先生比鲁迅先生更要担当一切了。

鲁迅先生吃饭，是在楼上单开一桌，那仅仅是一个方木盘，许先生每餐亲手端到楼上去，那黑油漆的方木盘中摆着三、四样小菜，每样都用小吃碟盛着，那小吃碟直径不过二寸，一碟豌豆苗或菠菜或苋菜，把黄花鱼或者鸡之类也放在小碟里端上楼去。若是鸡，那鸡也是全鸡身上最好的一块地方拣下来的肉；若是鱼，也是鱼身上最好一部分，许先生才把它拣下放在小碟里。

许先生用筷子来回的翻着楼下的饭桌上菜碗里的东西，菜拣嫩的，不要茎，只要叶，鱼肉之类，拣烧得软的，没有骨头没有刺的。

心里存着无限的期望，无限的要求，用了比祈祷更虔诚的目光，许先生看着她自己手里选得精精致致的菜盘子，而后脚板触着楼梯上了楼。

希望鲁迅先生多吃一口，多动一动筷，多喝一口鸡汤。鸡汤和牛奶是医生所嘱的，一定要多吃一些的。

把饭送上去，有时许先生陪在旁边，有时走下楼来又做些别的事，半个钟头之后，到楼上去取这盘子。这盘子装的满满的，有时竟照原样一动也没有动又端下来了，这时候许先生的眉头微微的皱了一点。旁边若有什么朋友，许先生就说："周先生的热度高，什么也吃不落，连茶也不愿意吃，人很苦，人很吃力。"

有一天许先生用波浪式的专门切面包的刀切着一个面包，是在客厅后边方桌上切的，许先生一边切着一边对我说：

"劝周先生多吃些东西，周先生说，人好了再保养，现在勉强吃也是没有用的。"

许先生接着似乎问着我：

"这也是对的？"

而后把牛奶面包送上楼去了。一碗烧好的鸡汤，从方盘里许先生把它端出来了，就摆在客厅后的方桌上。许先生上楼去了，那碗热的鸡汤在桌子上自己悠然的冒着热气。

许先生由楼上回来还说呢：

“周先生平常就不喜欢吃汤之类，在病里，更勉强不下了。”

许先生似乎安慰着自己似的。

“周先生人强，欢喜吃硬的，油炸的，就是吃饭也欢喜吃硬饭……”

许先生楼上楼下的跑，呼吸有些不平静，坐在她旁边，似乎可以听到她心脏的跳动。

鲁迅先生开始独桌吃饭以后，客人多半不上楼来了，经许先生婉言把鲁迅先生健康的经过报告了之后就走了。

鲁迅先生在楼上一天一天的睡下去，睡了许多日子就有些寂寞了，有时大概热度低了点就问许先生：

“什么人来过吗？”

看鲁迅先生精神好些，就一一的报告过。

有时也问到有什么刊物来吗？

鲁迅先生病了一个多月了。

证明了鲁迅先生是肺病，并且是肋膜炎，须藤老医生每天来了，为鲁迅先生先把肋膜化腐的东西用打针的方法抽净，每天抽一次，共抽了一两个礼拜。

这样的病，为什么鲁迅先生一点也不晓得呢？许先生说，周先生有时觉得肋痛了就自己忍着不说，所以连许先生也不知道，鲁迅先生怕别人晓得了又要不放心，又要看医生，医生一定又要说休息。鲁迅先生自己知道做不到的。

福民医院美国医生的检查，说鲁迅先生肺病已经二十年了。这次发了怕是很严重。

医生规定个日子，请鲁迅先生到福民医院去详细检查，要照 X 光的。

但鲁迅先生当时就下楼是下不得的，又过了许多天，鲁迅先生到福民医院去查病去了。照 X 光后给鲁迅先生照了一个全部的肺部的照片。

这照片取来的那天许先生在楼下给大家看了，右肺的上尖角是黑的，中部也黑了一块，左肺的下半部都不大好，而沿着左肺的边边黑了一大圈。

这之后，鲁迅先生的热度仍高，若再这样热度不退，就很难抵抗了。

那查病的美国医生，只查病，而不给药吃，他相信药是没有用的。

须藤老医生，鲁迅先生早就认识，所以每天来，他给鲁迅先生吃了些退热的药，还吃停止肺病菌活动的药。他说若肺不再坏下去，就停止在这里，热自然就退了，人是不危险的。

在楼下的客厅里许先生哭了。许先生手里拿着一团毛线，那是海婴的毛线衣拆了洗过之后又团起来的。

鲁迅先生在无欲望状态中，什么也不吃，什么也不想，睡觉是似睡非睡的。

天气热起来了，客厅的门窗都打开着，阳光跳跃在门外的花园里。麻雀来了停在夹竹桃上叫了三两声就又飞去，院子里的小孩子们唧唧喳喳的玩耍着，风吹进来好像带着热气，扑到人的身上，天气刚刚发芽的春天，变为夏天了。

楼上老医生和鲁迅先生谈话的声音隐约可以听到。

楼下又来客人，来的人总要问：

“周先生好一点吗？”

许先生照常说：“还是那样子。”

但今天说了眼泪就又流了满脸。一边拿起杯子来给客人倒茶，一边用左手拿着手帕按着鼻子。

客人问：

“周先生又不大好吗？”

许先生说：

“没有的，是我心窄。”

过了一会鲁迅先生要找什么东西，喊许先生上楼去，许先生连忙擦着眼睛，想说她不上楼的，但左右的看了一看，没有人能替代了她，于是带着她那团还没有缠完的毛线球上楼去了。

楼上坐着老医生，还有两位探望鲁迅先生的客人，许先生一看了他们就自己低了头不好意思地笑了，她不敢到鲁迅先生的面前去，背转着身问鲁迅先生要什么呢，而后又是慌忙的把毛线缕挂在手上缠了起来。

一直到送老医生下楼，许先生都是把背向着鲁迅先生而站着的。

每次老医生走，许先生都是替老医生提着皮提包送到前门外的。许先生愉快的、沉静的带着笑容打开铁门闩，很恭敬的把皮包交给老医生，眼看着老医生走了才进来关了门。

这老医生出入在鲁迅先生的家里，连老娘姨对他都是尊敬的，医生从楼上下来时，娘姨若在楼梯的半道，赶快下来躲开，站到楼梯的旁边。有一天老娘姨端着一个杯子上楼，楼上医生和许先生一道下来了，那老娘姨躲闪不灵，急得把杯里的茶都颠出来了。等医生走过去，已经走出了前门，老娘姨还在那里呆呆的望着。

“周先生好了点吧？”

有一天许先生不在家，我问着老娘姨。她说：

“谁晓得，医生天天看过了不声不响的就走了。”

可见老娘姨对医生每天是怀着期望的眼光看着他的。

许先生很镇静，没有紊乱的神色，虽然说那天当着人哭过一次，但该做什么，仍是做什么，毛线该洗的已经洗了，晒的已经晒起，晒干了的随手就把它缠成团子。

“海婴的毛线衣，每年拆一次，洗过之后再重打起，人一年一年的长，衣裳一年穿过，一年就小了。”

在楼下陪着熟的客人，一边谈着，一边开始手里动着竹针。

这种事情许先生是偷工就做的，夏天就开始预备着冬天的，冬天就做夏天的。

许先生自己常常说：

“我是无事忙。”

这话很客气，但忙是真的，每一餐饭，都好像没有安静的吃过。海婴一会要这个，要那个；若一有客人，上街临时买菜，下厨房煎炒还不说，就是摆到桌子上来，还要从菜碗里为着客人选好的夹过去。饭后又是吃水果，若吃苹果还要把皮削掉，若吃荸荠看客人削得慢而不好也要削了送给客人吃，那时鲁迅先生还没有生病。

许先生除了打毛线衣之外，还用机器缝衣裳，剪裁了许多件海婴的内衫裤在窗下缝。

因此许先生对自己忽略了，每天上下楼跑着，所穿的衣裳都是旧的，次数洗得太多，纽扣都洗脱了，也磨破了，都是几年前的旧衣裳，春天时许先生穿了一个紫红宁绸袍子，那料子是海婴在婴孩时候别人送给海婴做被子的礼物。做被子，许先生说很可惜，就拣起来做一件袍子。正说着，海婴来了，许先生使眼神，且不要提到，若提到海婴又要麻烦起来了，一定要说是他的，他就要要。

许先生冬天穿一双大棉鞋，是她自己做的。一直到二三月早晚冷时还穿着。

有一次我和许先生在小花园里一道拍一张照片，许先生说她的纽扣掉了，还拉着我站在她前边遮着她。

许先生买东西也总是到便宜的店铺去买，再不然，到减价的地方去买。

处处俭省，把俭省下来的钱，都印了书和印了画。

现在许先生在窗下缝着衣裳，机器声格答格答的，震着玻璃门有些颤抖。

窗外的黄昏，窗内许先生低着的头，楼上鲁迅先生的咳嗽声，都搅混在一起了，重续着、埋藏着力量。在痛苦中，在悲哀中，一种对于生的强烈的愿望站得和强烈的火焰那样坚定。

许先生的手指把捉了在缝的那张布片，头有时随着机器的力量低沉了一两下。

许先生的面容是宁静的、庄严的、没有恐惧的、坦荡的在使用着机器。

海婴在玩着一大堆黄色的小药瓶，用一个纸盒子盛着，端起来楼上楼下的跑。向着阳光照是金色的，平放着是咖啡色的，他招聚了小朋友来，他向他们展览，向他们夸耀，这种玩艺只有他有而别人不能有。他说：

“这是爸爸打药针的药瓶，你们有吗？”

别人不能有，于是他拍着手骄傲的呼叫起来。

许先生一边招呼着他，不叫他喊，一边下楼来了。

“周先生好了些？”

见了许先生大家都是这样问的。

“还是那样子，”许先生说，随手抓起一个海婴的药瓶来：“这不是么，这许多瓶子，每天打一针，药瓶子也积了一大堆。”

许先生一拿起那药瓶，海婴上来就要过去，很宝贵的赶快把那小瓶摆到纸盒里。

在长桌上摆着许先生自己亲手做的蒙着茶壶的棉罩子，

从那蓝缎子的花罩子下拿着茶壶倒着茶。

楼上楼下都是静的了，只有海婴快活的和小朋友们的吵嚷躲在太阳里跳荡。

海婴每晚临睡时必向爸爸妈妈说："明朝会！"

有一天他站在上三楼去的楼梯口上喊着：

"爸爸，明朝会！"

鲁迅先生那时正病得沉重，喉咙里边似乎有痰，那回答的声音很小，海婴没有听到，于是他又喊：

"爸爸，明朝会！"他等一等，听不到回答的声音，他就大声的连串的喊起来：

"爸爸，明朝会，爸爸，明朝会，……爸爸，明朝会……"

他的保姆在前边往楼上拖他，说是爸爸睡了，不要喊了。可是他怎么能够听呢，仍旧喊。

这时鲁迅先生说"明朝会"，还没有说出来喉咙里边就像有东西在那里堵塞着，声音无论如何放不大。到后来，鲁迅先生挣扎着把头抬起来才很大声的说出：

"明朝会，明朝会。"

说完了就咳嗽起来。

许先生被惊动得从楼下跑来了，不住的训斥着海婴。

海婴一边笑着一边上楼去了，嘴里唠叨着：

"爸爸是个聋人哪！"

鲁迅先生没有听到海婴的话，还在那里咳嗽着。

鲁迅先生在四月里，曾经好了一点，有一天下楼去赴一个约会，把衣裳穿得整整齐齐，手下夹着黑花包袱，戴起帽子来，出门就走。

许先生在楼下正陪客人，看鲁迅先生下来了，赶快说：

“走不得吧，还是坐车子去吧。”

鲁迅先生说：“不要紧，走得动的。”

许先生再加以劝说，又去拿零钱给鲁迅先生带着。

鲁迅先生说不要不要，坚决的就走了。

“鲁迅先生的脾气很刚强。”

许先生无可奈何的，只说了这一句。

鲁迅先生晚上回来，热度增高了。

鲁迅先生说：

“坐车子实在麻烦，没有几步路，一走就到。还有，好久不出去，愿意走走……动一动就出毛病……还是动不得……”

病压服着鲁迅先生又躺下了。

七月里，鲁迅先生又好些。

药每天吃，记温度的表格照例每天好几次在那里画，老医生还是照常的来，说鲁迅先生就要好起来了，说肺部的菌已经停止了一大半，肋膜也好了。

客人来差不多都要到楼上来拜望拜望，鲁迅先生带着久病初愈的心情，又谈起话来，披了一张毛巾子坐在躺椅上，纸烟又拿在手里了，又谈翻译，又谈某刊物。

一个月没有上楼去，忽然上楼还有些心不安，我一进卧室的门，觉得站也没地方站，坐也不知坐在哪里。

许先生让我吃茶，我就依着桌子边站着。好像没有看见那茶杯似的。

鲁迅先生大概看出我的不安来了，便说：

“人瘦了，这样瘦是不成的，要多吃点。”

鲁迅先生又在说玩笑话了。

“多吃就胖了，那么周先生为什么不多吃点？”

鲁迅先生听了这话就笑了，笑声是明朗的。

从七月以后鲁迅先生一天天的好起来了，牛奶，鸡汤之类，为了医生所嘱也隔三差五的吃着，人虽是瘦了，但精神是好的。

鲁迅先生说自己体质的本质是好的，若差一点的，就让病打倒了。

这一次鲁迅先生保着了很长的时间，没有下楼更没有到外边去过。

在病中，鲁迅先生不看报，不看书，只是安静的躺着。但有一张小画是鲁迅先生放在床边上不断看着的。

那张画，鲁迅先生未生病时，和许多画一道拿给大家看过的，小得和纸烟包里抽出来的那画片差不多。那上边画着一个穿大长裙子飞散着头发的女人在大风里边跑，在她旁边的地面上还有小小的红玫瑰花的花朵。

记得是一张苏联某画家着色的木刻。

鲁迅先生有很多画，为什么只选了这张放在枕边。

许先生告诉我的，她也不知道鲁迅先生为什么常常看这小画。

有人来问他这样那样的，他说：

“你们自己学着做，若没有我呢！”

这一次鲁迅先生好了。

还有一样不同的，觉得做事要多做……

鲁迅先生以为自己好了，别人也以为鲁迅先生好了。

准备冬天要庆祝鲁迅先生工作三十年。

又过了三个月。

一九三六年十月十七日，鲁迅先生病又发了，又是气喘。

十七日，一夜未眠。

十八日，终日喘着。

十九日，夜的下半夜，人衰弱到极点了。天将发白时，鲁迅先生就像他平日一样，工作完了，他休息了。

后记[①]

右一章系记先师鲁迅先生日常生活的一面，其间关于治学之经略，接世之方法，或未涉及。将来如有机会，当能有所续记。

附录二则，一为先生昔年海外窗友许寿裳先生为文，备详年谱，可为资考，系当面征得同意者。一为鲁迅夫人景宋（许广平笔名）先生之文，间以稍长，勉加省略，则系函中征得同意者。今仅一并附录如上，特此敬布谢忱。

一九三九年十月廿六日记于重庆

创作于1939年10月26日，收入妇女生活社（重庆）1940

年7月初版《回忆鲁迅先生》，署名萧红，该书附录收入许寿裳的《鲁迅的生活》和景宋（许广平）的《鲁迅和青年们》。

①据《端木蕻良文集》（北京出版社，2009年6月），该部分为端木蕻良代写。

给流亡异地的东北同胞书

沦落在异地的东北同胞们：

当每个秋天的月亮快圆的时候，我们的心总被悲哀装满。想起高粱油绿的叶子，想起白发的母亲或幼年的亲眷。

他们的希望曾随着秋天的满月，在幻想中赊取了十次。而每次都是月亮如期的圆了，而你们的希望却随着高粱叶子萎落。但是，自从“八一三”之后，上海的炮火响了，中国政府的积极抗战揭开，成了习惯的愁惨的日子，却在炮火的交响里，焕成了鼓动、兴奋和感激。这时，你们一定也流泪了，这是鼓舞的泪，兴奋的泪，感激的泪。

记得抗战以后，第一个可欢笑的九一八是怎样纪念的呢？

中国飞行员在这天作了突击的工作。他们对于出云舰的袭击作了出色的成绩。

那夜里，江面上的日本神经质的高射炮手，浪费的惊恐的射着炮弹，用红色的绿色的淡蓝色的炮弹把天空染红了。但是我们的飞行员，仍然以精确的技巧和沉毅的态度（他们有好多是东北的飞行员）来攻击这摧毁文化摧残和平的法西魔手。几百万的市民都仰起头来寻觅——其实他们什么也看不见的，但他们一定要看，在黑魆魆的天空里，他们看见了我们民族的自信和人类应有的光辉。

第一个煽惑起东北同胞的思想是：

“我们就要回老家了！”

家乡多么好呀，土地是宽阔的，粮食是充足的，有顶黄的金子，有顶亮的煤，鸽子在门楼上飞，鸡在柳树下啼着，马群越着原野而来，黄豆像潮水似的在铁道上翻涌。

人类对着家乡是何等的怀恋呀，黑人对着“迪斯”痛苦的向往；爱尔兰的诗人夏芝一定要回到那“蜂房一窠，菜畦九畴”的“茵尼斯”去不可；水手约翰·曼殊斐尔（英国桂冠诗人）狂热的要回到海上去。

但是等待了十年的东北同胞，十年如一日，我们心的火越着越亮，而且路子显现得越来越清楚。我们知道我们的路，我们知道我们的作战的位置——我们的位置，就是站在别人的前边的那个位置。我们应该是第一个打开了门而是最末走进去的人。

抗战到现在已经遭遇到最艰苦的阶段，而且也就是最后胜利接触的阶段。在贾克伦敦所写的一篇短篇小说上，描写两个拳师在冲击的斗争里，只系于最后的一拳。而那个可怜的老拳师，所以失败了的原因，也只在少吃了一块“牛扒”。假如事先他能吃得饱一点，胜利一定是他。中国的胜利是经过了这个最后的阶段，而东北人民在这里是决定的一环。

东北流亡同胞们，我们的地大物博，决定了我们的沉着毅勇，正如敌人的家当使他们急功切进一样。在最后的斗争里，谁打得最沉着，谁就会得胜。

我们应该献身给祖国作前卫工作，就如我们应该把失地收复一样，这是我们的命运。

东北流亡同胞们，为了失去的土地上的大豆，高粱，努力吧！为了失去了土地的年老的母亲，努力吧！为了失去的地面上的痛心的一切的记忆，努力吧！

谨此即颂

健康

创作日期不详，首刊于 1941 年 9 月 1 日《时代文学》（香港）第 4 期，署名萧红。

辑二 小说

1939年，萧红在重庆

王阿嫂的死

一

草叶和菜叶都蒙盖上灰白色霜。山上黄了叶子的树，在等候太阳。太阳出来了，又走进朝霞去。野甸上的花花草草，在飘送着秋天零落凄迷的香气。

雾气像云烟一样蒙蔽了野花，小河，草屋，蒙蔽了一切声息，蒙蔽了远近的山岗。

王阿嫂拉着小环每天在太阳将出来的时候，到前村广场上给地主们流着汗；小环虽是七岁，她也学着给地主们流着小孩子的汗。现在春天过了，夏天过了……王阿嫂什么活计都做过，拔苗插秧。秋天一来到，王阿嫂和别的村妇们都坐在茅檐下用麻绳把茄子穿成长串长串的，一直穿着。不管蚊虫把脸和手搔得怎样红肿，也不管孩子们在屋里喊叫妈妈吵断了喉咙。她只是穿啊，穿啊，两只手像纺纱车一样，在旋转着穿。

第二天早晨，茄子就和紫色成串的铃当一样，挂满了王阿嫂的前檐；就连用柳条编成的短墙上也挂满着紫色的铃当。别的村妇也和王阿嫂一样，檐前尽是茄子。

可是过不了几天茄子晒成干菜了！家家都从房檐把茄子解下来，送到地主的收藏室去。王阿嫂到冬天只吃着地主用以喂猪的乱土豆，连一片干菜也不曾进过王阿嫂的嘴。

太阳在东边放射着劳工的眼睛。满山的雾气退去，男人和女人，在田庄上忙碌着。羊群和牛群在野甸子间，在山坡间，践踏并且寻食着秋天半憔悴的野花。

田庄上只是没有王阿嫂的影子，这却不知为了甚么？竹三爷每天到广场上替张地主支配工人。现在竹三爷派一个正在拾土豆的小姑娘去找王阿嫂。

工人的头目，愣三抢着说：

“不如我去的好，我是男人走得快。”

得到竹三爷的允许，不到两分钟的工夫，愣三跑到王阿嫂的窗前了：

“王阿嫂，为什么不去做工呢？”

里面接着就是回答声：

“叔叔来得正好，求你到前村把王妹子叫来，我头痛，今天不去做工。”

小环坐在王阿嫂的身边，她哭着，响着鼻子说：“不是呀！我妈妈扯谎，她的肚子太大了！不能做工，昨夜又是整夜的哭，不知是肚子痛还是想我的爸爸。”

王阿嫂的伤心处被小环击打着，猛烈的击打着，眼泪都从眼眶转到嗓子方面去。她只是用手拍打着小环，她急性的，意思是不叫小环再说下去。

李愣三是王阿嫂男人的表弟。听了小环的话，像动了亲属情感似的，跑到前村去了。

小环爬上窗台，用她不会梳头的小手，在给自己梳着毛蓬蓬的小辫。邻家的小猫跳上窗台，蹲踞在小环的腿上，猫像取暖似的迟缓的把眼睛睁开，又合拢来。

远处的山反映着种种样的朝霞的彩色。山坡上的羊群，牛群，就像小黑点似的，在云霞里爬走。

小环不管这些，只是在梳自己毛蓬蓬的小辫。

二

在村里，王妹子，愣三，竹三爷，这都是公共的名称。是凡佣工阶级都是这样简单，而不变化的名字。这就是工人阶级一个天然的标识。

王妹子坐在王阿嫂的身边，炕里蹲着小环，三个人寂寞着在。后山上不知是什么虫子，一到中午，就吵叫出一种不可忍耐的幽默和凄怨的情绪来。

小环虽是七岁，但是就和一个少女般的会忧愁，会思量。她听着秋虫吵叫的声音，只是用她的小嘴在学着大人叹气。这个孩子也许因为母亲死得太早的缘故？

小环的父亲是一个雇工，在她还没生下来的时候，她的父亲就死了！在她五岁的时候她的母亲又死了。她的母亲是被张地主的大儿子张胡琦强奸而后气愤死了的。

五岁的小环，开始做个小流浪者了！从她贫苦的姑家，又转到更贫苦的姨家。结果为了贫苦，不能养育她，最后她在张地主家过了一年煎熬的生活。竹三爷看不惯小环被虐待的苦处。当一天王阿嫂到张家去取米，小环正被张家的孩子们将鼻子打破，满脸是血，王阿嫂把米袋子丢落在院心，她走近小环，给她擦着眼泪和血。小环哭着，王阿嫂也哭了！

有竹三爷作主，小环从那天起，就叫王阿嫂做妈妈了！那天小环是扯着王阿嫂的衣襟来到王阿嫂的家里。

后山的虫子，不间断的，不曾间断的在叫。王阿嫂拧着鼻涕，两腮抽动，若不是肚子突出，她简直瘦得像一条龙。她的手也正和爪子一样，为了拔苗割草而骨节突出。她的悲哀像沉淀了的淀粉似的，浓重并且不可分解。她在说着她自己的话：

“王妹子，你想我还能再活下去吗？昨天在田庄上张地主是踢了我一脚。那个野兽，踢得我简直发昏了，你猜他为什么踢我呢？早晨太阳一出就做工，好身子倒没妨碍，我只是再也带不动我的肚子了！又是个正午时候，我坐在地梢的一端喘两口气，他就来踢了我一脚。”

拧一拧鼻涕又说下去：

“眼看着他爸爸死了三个月了！那是刚过了五月节的时候，那时仅四个月，现在这个孩子快生下来了！咳！什么孩子，就是冤家，他爸爸的性命是丧在张地主的手里，我也非死在他们的手里不可，我想谁也逃不出地主们的手去。”

王妹子扶她一下，把身子翻动一下：

“哟！可难为你了！肚子这样你可怎么在田庄上爬走啊？”

王阿嫂的肩头抽动得加速起来。王妹子的心跳着，她在悔恨的跳着，她开始在悔恨：

“自己太不会说话，在人家最悲哀的时节，怎能用得着十分体贴的话语来激动人家悲哀的感情呢？”

王妹子又转过话头来：

“人一辈子就是这样，都是你忙我忙，结果谁也不是一个死吗？早死晚死不是一样吗？”

说着她用手巾给王阿嫂擦着眼泪，揩着她一生流不尽的眼泪：

“嫂子你别太想不开呀！身子这种样，一劲忧愁，并且你看着小环也该宽心。那个孩子太知好歹了！你忧愁，你哭，孩子也跟着忧愁，跟着哭。倒是让我做点饭给你吃，看外边的日影快晌午了！”

王妹子心里这样相信着：

“她的肚子被踢得胎儿活动了！危险……死……”

她打开米桶，米桶是空着。

王妹子打算到张地主家去取米，从桶盖上拿下个小盆。王阿嫂叹息着说：

“不要去呀！我不愿看他家那种脸色，叫小环到后山竹三爷家去借点吧！”

小环捧着瓦盆爬上坡，小辫在脖子上摔搭摔搭的走向山后去了！山上的虫子在憔悴的野花间，叫着憔悴的声音啊！

三

王大哥在三个月前给张地主赶着起粪的车，因为马腿给石头折断，张地主扣留他一年的工钱。王大哥气愤之极，整天醉酒，夜里不回家，睡在人家的草堆。后来他简直是疯了！看着小孩也打，狗也打，并且在田庄上乱跑，乱骂。张地主趁他睡在草堆的时候，遣人偷着把草堆点着了！王大哥在火焰里翻滚，在张地主的火焰里翻滚；他的舌头伸在嘴唇以外，他嚎叫出不是人的声音来。

有谁来救他呢？穷人连妻子都不是自己的。王阿嫂只是在前村田庄上拾土豆，她的男人却在后村给人家烧死了。

当王阿嫂奔到火堆旁边，王大哥的骨头已经烧断了！四肢脱落，脑壳直和半个破葫芦一样，火虽息灭，但王大哥的气味却在全村飘漾。

四围看热闹的人群们，有的擦着眼睛说：

“死得太可怜！”

也有的说：

“死了倒好，不然我们的孩子要被这个疯子打死呢！”

王阿嫂拾起王大哥的骨头来，裹在衣襟里，她紧紧的抱着，她发出啕天的哭声来。她这凄惨泌血的声音，遮过草原，穿过树林的老树，直到远处的山间，发出回响来。

每个看热闹的女人，都被这个滴着血的声音诱惑得哭了！每个在哭的妇人都在生着错觉，就像自己的男人被烧死一样。

别的女人把王阿嫂的怀里紧抱着的骨头，强迫的丢开，并且劝说着：

“王阿嫂你不要这样啊！你抱着骨头又有什么用呢？要想后事。”

王阿嫂不听别人，她看不见别人，她只有自己。把骨头又抢着疯狂的包在衣襟下，她不知道这骨头没灵魂，也没有肉体，一切她都不能辨明。她在王大哥死尸被烧的气味里打滚，她向不可解脱的悲痛里用尽了她的全力的攒呵！

满是眼泪小环的脸转向王阿嫂说：

“妈妈，你不要哭疯了啊！爸爸不是因为疯了才被人烧死的吗？”

王阿嫂，她不听到小环的话，鼓着肚子，涨开肺叶般的哭。她的手撕着衣裳，她的牙齿在咬嘴唇。她和一匹吼叫的狮子一样。

后来张地主手提着苍蝇拂，和一只阴毒的老鹰一样，振动着翅膀，眼睛突出，鼻子向里勾曲调着他那有尺寸的阶级的步调从前村走来，用他压迫的口腔来劝说王阿嫂：

“天快黑了！还一劲哭什么！一个疯子死就死了吧！他的骨头有什么值钱。你回家做你以后的打算好了！现在我遣人把他埋到西岗子去。”

说着他向四周的男人们下个口令：

“这种气味……越快越好！”

妇人们的集团在低语：

“总是张老爷子，有多么慈心，什么事情，张老爷子都是帮忙的。”

王大哥是张老爷子烧死的，这事情妇人们不知道，一点不知道。田庄上的麦草打起流水样的波纹，烟筒里吐出来的炊烟，在人家的房顶上旋卷。

苍蝇拂子摆动着吸人血的姿式，张地主走回前村去。

穷汉们，和王大哥同类的穷汉们，摇煽着阔大的肩膀，王大哥的骨头被运到西岗上了！

四

三天过了！五天过了！田庄上不见王阿嫂的影子，拾土豆和割草的妇人们嘴里念道这样的话：

“她太艰苦了！肚子那么大，真是不能做工了！”

“那天张地主踢了她一脚，五天没到田庄上来。大概是孩子生了，我晚上去看看。”

“王大哥被烧死以后，我看王阿嫂就没心思过日子了！一天东哭一场，西哭一场的，最近更利害了！那天不是一面拾土豆，一面流着眼泪？”

又一个妇人皱起眉毛来说：

“真的，她流的眼泪比土豆还多。”

另一个又接着说：

“可不是吗？王阿嫂拾得的土豆，是用眼泪换得的。”

在激动着热情，一个抱着孩子拾土豆的妇人说：

“今天晚上我们都该到王阿嫂家去看看，她是我们的同类呀！”

田庄上十几个妇人用响亮的嗓子在表示赞同。

张地主走来了！她们都低下头去工作着。张地主走开，她们又都抬起头来；就像被风刮倒的麦草一样，风一过去，草梢又都伸立起来；她们说着方才的话：

“她怎能不伤心呢？王大哥死时，什么也没给她留下。眼看又来到冬天，我们虽是有男人，怕是棉衣也预备不齐。她又怎么办呢？小孩子若生下来她可怎么养活呢？我算知道，有钱人的儿女是儿女，穷人的儿女，分明就是孽障。”

“谁不说呢？听说王阿嫂有过三个孩子都死了！”

其中有两个死去男人，一个是年青的，一个是老太婆。她们在想起自己的事，老太婆想着自己男人被车轧死的事，年青的妇人想着自己的男人吐血而死的事，只有这俩妇人什么也不说。

张地主来了！她们的头就和向日葵般在田庄上弯弯的垂下去。

小环的叫喊声在田庄上，在妇人们的头上，响起来：

“快……快来呀！我妈妈不……不能，不会说话了！”

小环是一个被大风吹着的蝴蝶，不知方向，她惊恐的翅膀痉挛在振动。她的眼泪在眼眶里急得和水银似的不定形的滚转。手在捉住自己的小辫，跺着脚破着声音喊：

“我妈……妈怎么了？……她不说话……不会呀！”

五

等到村妇挤进王阿嫂屋门的时候，王阿嫂自己在炕上发出她最后沉重的嚎声，她的身子是被自己的血浸染着，同时在血泊里也有一个小的、新的动物在挣扎。

王阿嫂的眼睛像一个大块的亮珠，虽然闪光而不能活动。她的嘴张得怕人，像猿猴一样，牙齿拼命的向外突出。

村妇们有的哭着，也有的躲到窗外去，屋子里散散乱乱，扫帚水壶，破鞋，满地乱摆。邻家的小猫蹲缩在窗台上。小环低垂着头在墙角间站着，她哭，她是没有声音的在哭。

王阿嫂就这样的死了！新生下来的小孩，不到五分钟也死了！

六

月亮穿透树林的时节，棺材带着哭声向西岗子移动。

村妇们都来相送，拖拖落落，穿着种种样样擦满油泥的衣服，这正表示和王阿嫂同一个阶级。

竹三爷手携着小环，走在前面。村狗在远处受惊的在叫。小环并不哭，她依持别人，她的悲哀似乎分给大家担负似的，她只是随了竹三爷踏着贴在地上的树影走。

王阿嫂的棺材被抬到西岗子树林里。男人们在地面上掘坑。

小环，这个小幽灵，坐在树根下睡了！林间的月光细碎的飘落在小环的脸上。她两手扣在膝盖间，头搭在手上，小辫在脖子上给风吹动着，她是个天然的小流浪者。

棺材合着月光埋到土里了！像完成一件工作似的，人们扰攘着。

竹三爷走到树根下摸动小环的头发：

"醒醒吧！孩子！回家了。"

小环闭着眼睛说：

"妈妈，我冷呀！"

竹三爷说：

"回家吧！你哪里还有妈妈？可怜的孩子别说梦话！"

醒过来了！小环才明白妈妈今天是不再搂着她睡了！她在树林里，月光下，妈妈的坟前，打着滚哭啊！……

"妈妈！……你不要……我了！让我跟跟跟谁睡……睡

觉呀?

“我……还要回到……张……张张地主家去挨打吗?”——她咬住嘴唇哭。

“妈妈，跟……跟我回……回家吧！……”

远近处颤动这小姑娘的哭声，树叶和小环的哭声一样交接的在响，竹三爷同别的人一样在擦揉眼睛。

林中睡着王大哥和王阿嫂的坟墓。

村狗在远近的人家吠叫着断续的声音……

一九三三,五,二一

创作于1933年5月21日，首刊何处不详。收入五画印刷社（哈尔滨）1933年10月初版《跋涉》。

看风筝

一

拖着鞋，头上没有帽子，鼻涕在胡须上结起纲罗似的冰条来，纵横的纲罗着胡须。在夜间，在冰雪闪着光芒的时候，老人依着街头电线杆，他的黑色影子缠住电杆。他在想着这样的事：

“穷人活着没有用，不如死了！”

老人的女儿三天前死了，死在工厂里。

老人希望得几个赡养费，他奔波了三天了！拖着鞋奔波，夜间也是奔波，他到工厂，从工厂又要到工厂主家去。他三天没有吃饭，实在不能再走了！他不觉得冷，因为他整个的灵魂在缠住他的女儿，已死了的女儿。

半夜了！老人才一步一挨的把自己运到家门，这是一件多么不容易的事：胡须颤抖，他走起路来谁看着都要联想起被大风吹摇就要坍塌的土墙，或是房屋。眼望砖瓦四下分离的游动起来。老人在冰天雪地里，在夜间没人走的道路上筛着他的胡须，筛着全身在游离的筋肉。他走着，他的灵魂也像解了体的房屋一样，一面在走，一面摊落。

老人自己把身子再运到炕上，然后他喘着牛马似的呼吸，他全身的肉体摊落尽了，为了他的女儿而摊落尽的，因为在他女儿的背后埋着这样的事：

"女儿死了！自己不能作工，赡养费没有，儿子出外三年不见回来。"

老人哭了！他想着他的女儿哭，但哭的却不是他的女儿，是哭着他女儿死了以后的事。

屋子里没有灯火，黑暗是一个大轮廓，没有线条，也没有颜色的大轮廓。老人的眼泪在他有皱纹的脸上爬，横顺的在黑暗里爬，他的眼泪变成了无数的爬虫了，个个从老人的内心出发。

外面的风在嚎叫夹着冬天枯树的声音。风卷起地上的积雪，扑向窗纸打来，唰唰的响。

二

刘成在他父亲给人做雇农的时候，他在中学里读过书，不到毕业他就混进某个团体了！他到农村去过。不知他潜伏着什么作用，他也曾进过工厂。后来他没有踪影了！三年没有踪影。关于他妹妹的死，他不知道，关于他父亲的流浪，他不知道，同时他父亲也不知道他的流浪。

刘成下狱的第三个年头被释放出来，他依然是一个没有感情的人，他的脸色还是和从前一样，冷静、沉着。他内心从没有念及他父亲一次过。不是没念及，因为他有无数的父亲，一切受难者的父亲他都当作他的父亲，他一想到这些父亲，只有走向一条路，一条根本的路。

他明白他自己的感情，他有一个定义：热情一到用得着的时候，就非冷静不可，所以冷静是有用的热情。

这是他被释放的第三天了！看起来只是额际的皱纹算是入狱的痕迹，别的没有两样。当他在农村和农民们谈话的时候，比从前似乎更有力，更坚决，他的手高举起来又落下去，这大概是表示压榨的意思，也有时把手从低处用着猛力抬到高处，这大概是表示不受压迫的意思。

每个字从他的嘴里跳出来，就和石子一样坚实并且钢硬，这石子也一个一个投进农民的脑袋里，也是永久不化的石子。

坐在马棚旁边开着衣钮的老农妇，她发起从没有这样愉快的笑，她触了他的男人李福一下，用着例外的声音边说边笑：

“我做了一辈子牛马，哈哈！那时候可该做人了！我做牛马做够了！”

老农妇在说末尾这句话时，也许她是想起了生在农村最痛苦的事。她顿时脸色都跟着不笑了！冷落下去。

别的人都大笑一阵，带着奚落的意思大笑，妇人们借着机会似的向老农妇奚落去：

“老婆婆从来是规矩的，笑话我们年青多嘴，老婆婆这是为了什么呢？”

过了一个时间安静下去。刘成还是把手一举一落的说下去，马在马棚里吃草的声音，夹杂着鼻子声在响，其余都在安静里浸沉着。只是刘成的谈话沉重的字眼连绵的从他齿间往外挤。不知什么话把农民们击打着了！男人们在抹眼睛，女人们却响着鼻子。和在马棚里吃草的马一样。

人们散去了，院子里的蚊虫四下的飞，结团的飞，天空有圆圆的月，这是一个夏天的夜，这是刘成出狱三天在乡村的第一夜。

三

刘成当夜是住在农妇王大婶的家里，王大婶的男人和刘成谈着话，桌上的油灯暗得昏黄，坐在炕沿他们说着，不绝的在说，直到最后才停止，直到王大婶的男人说出这样的话来：

“啊！刘成这个名字。东村住着孤独的老人常提到这个名字，你可认识吗？”

刘成他不回答，也不问下去，只是眼光和不会转弯的箭一样，对准什么东西似的在放射，在一分钟内他的脸色转变了又转！

王大婶抱着孩子，在考察刘成的脸色，她在下断语：

“一定是他爹爹，我听老人坐在树荫常提到这个名字，并且每当他提到的时候，他是伤着心。”

王大婶男人的袖子在摇振，院心蚊虫的群给他冲散了！圆月在天空随着他跑。他跑向一家脊背弯曲的草房去，在没有纸的窗棂上鼓打，急剧的鼓打。睡在月光里整个东村的夜被他惊醒了！睡在篱笆下的狗，和鸡雀吵叫。

老人睡在土炕的一端，把自己的帽子包着破鞋当作枕头，身下铺着的是一条麻袋。满炕是干稻草，这就是老人的财产，其余什么是不属于他的。他照顾自己，保护自己。月光映满了窗棂，人的枕头上，胡须上。……

睡在土炕的另一端也是一个老人，他俩是同一阶级，因为他也是枕着破鞋睡，他们在朦胧的月影中，直和两捆干草或是两个粪堆一样，他们睡着，在梦中他们的灵魂是彼此看守着。窗棂上残破的窗纸在作响。

其中的一个老人的神经被鼓打醒了！他坐起来，抖擞着他满身的月光，抖擞着满身的窗棂，他不睁眼睛，把胡

的风筝，孩子们在拍手，在笑。老人——刘成的父亲也在土场上依着拐杖同孩子们看风筝。就是这个时候消息传来了！

刘成被捕的消息传到老人的耳边了！

一九三三，六，九

创作于1933年6月9日，首刊于1933年6月30日《哈尔滨公报·公田》（哈尔滨），署名悄吟。收入五画印刷社（哈尔滨）1933年10月初版《跋涉》。

叶 子

园中开着艳艳的花，有蝴蝶儿飞，也有鸟儿叫。小姑娘——叶子，唱着歌，在打旋风舞。为了捕蝴蝶把裙子扯破。妈妈站在门口：

“叶子，你这样孩子。”

可是她什么都不听见，花枝一排一排的倒在脚下，把蝴蝶捉在手里。

太阳把雪照成水了，从房檐滴到了满阶。后来树枝发青，树叶成荫了。后园里又飞着去年的蝴蝶。五月来到，后园和去年一样，蝴蝶戏着小姑娘们玩，蝴蝶被捕着。可是叶子，她不捕蝴蝶了，尽坐在那儿幽思，望着天上多形的云，望着插向云中的树枝，一会用扇子遮住她幽思的眼。

妈妈站在门口。

“叶子，你为什么总坐在那儿想啊，脸儿怕瘦了？”

她常常在园里静思，暑假慢慢的来到，表哥——莺，回来了。以后花园里，又是旋风舞，捕蝴蝶。叶子的歌声天天在后园里鲜明着。莺哥和叶子坐在树下，树叶有时落在腿上，后来树叶绕着腿飞。

暑假过去，莺哥回学校了，园里飞发树叶。只因没有花儿，鸟雀回巢，蝴蝶飞过墙东不再回来，一切被莺哥带了去似的。叶子倒在床上有病，脸儿渐渐黄，爸妈着慌，医生来了一个又一个，药瓶子摆在床头，脸儿更黄更瘦。

外面飘起白白的雪，妈妈问：

“为什么病呢？对妈妈说。”

叶子只是默默的等着寒假，常常翻着日历，十号，十一号……，十五号了，她想莺哥哥是近着她了，穿得干净的衣服，坐在窗里望。真的有人在叫门，叶子心跳着。妈妈去开了门，穿着青制服，青呢帽，踏着雪响，莺哥微笑着。他问：“叶子呢？”

说话时他看着叶子在窗里向他笑了笑。妈妈说着关于叶子的话走进客厅了。妈妈又说：

“叶子，半年是闹着病，只见黄瘦。”

莺哥慌忙着去见叶子，可是他走进内室了，衣上带着冷气。走近叶子的床，向她问：

“病了吗？很弱。”

她感到茫然了，眼睛无力的瞅着床，没有答话，把头低下。他没有再问，心痛着走进内室去。妈妈在客厅里说着叶子的病时，叶子在屋里听着哭了，面向着飞雪的窗外。

在东房莺哥常常发闷，有时整夜不灭灯，后来咳嗽，都说孩子大了应该定亲。他的叔叔来，说谁家的女子好，问他：

“你愿意不？我想你的学费都是舅家供给，又是住在舅家，不能信意吧？”他的叔叔又指着叶子的爸爸和妈妈说：

“并且舅父和舅母也同意。”

就是那夜，他整夜寻思着。第二天他的爸爸载着没有耳朵的帽子背着包袱来了，没有进客厅，简直到东房去。唉，莺哥怎不难过呢。妈妈死了，爸爸上山去打柴，自已住在舅家。于是他哭了，爸爸也哭了。

叶子走进东房，火炉在地心，没生火窗上全是冰霜。她招呼别人，把炉子生火，又到自己房里拿了厚的被子给莺哥。妈妈骂了她：

“什么事都用得着你！”

穷人没有亲戚。到晚间，他的爸爸又载着没有耳朵的帽子走了，去经风霜。

叶子在莺哥的房里，可是莺哥一天比一天病重。叶子常常挨骂，可是莺哥的病只有沉重。妈妈说：

“不要以为你还是小孩子，你是十四五岁啦，莺哥都该娶媳妇了，不可以总在一块。”妈妈又接着说：

“自己该明白吧，他那样穷，并且亲已订妥。”

莺哥八天不能起床，可怜的莺哥，连叶子也不能多见。

在那间空洞的房里，只有爸爸陪着他。起先舅母拿钱给请医生，现在不给他请医生了。于是可怜的莺哥走在死路上。

每天夜里，别人都睡了的时候，那个管家——王四要给东房送书，这是叶子背着妈妈叫送的。

昨夜特别的，莺哥总是不睡，想说的话，又像不愿意说似的。肺痛得也像轻了些，但是他的眼睛想哭。

“爸爸，叶子怎么总不过来呢？我还拿她几本书，怎么还不来取呀？又病了吗？爸爸叫叶子来，呵，叶子一定要来。”他说时把眼泪滴到枕头上。

爸爸只得答应了去找叶子：

“好吧，不要为难，你再睡一会，亮了天我去叫她。”

天是大亮了，还不去叫叶子，让老头子怎样去找叶子呢？住在别人家里，自己的儿子有病。怎敢扰乱别人呢？

还不到中午，莺哥被装进棺材里。

送棺材的人们站到大门口，只有莺哥的爸爸和棺材往东下去。

蝶儿飞着，鸟儿叫着，又到五月了，叶子坐在后园冥想，莺哥的爸爸担着柴草经过后门了。

九，二十

创作于1933年9月20日，首刊于1933年10月15日《大同报·夜哨》（长春）第10期。

旷野的呼喊

风撒欢了。

在旷野，在远方，在看也看不见的地方，在听也听不清的地方，人声，狗叫声，嘈嘈杂杂地喧哗了起来。屋顶的草被拔脱，墙囤头上的泥土在翻花，狗毛在起着一个一个的圆穴，鸡和鸭子们被刮得要想站也站不住。平常喂鸡撒在地上的谷粒，那金黄的，闪亮的，好像黄金的小粒，一个跟着一个被大风扫向墙根去，而后又被扫了回来，又被扫到房檐根下。而后混同着不知从什么地方飘来的从未见过的大树叶，混同着和高粱粒一般大四方的或多棱的沙土。混同着刚刚被大风拔落下来的红的黑的，或杂色的鸡毛。还混同着破布片，还混同着刷啦刷啦的高粱叶。还混同着灰矮瓜色的豆秆，豆秆上零零乱乱地挂着豆粒已经脱掉了空敞的豆荚。一些红纸片，那是过新年时门前粘贴的红对联——三阳开泰，四喜临门，——或是“出门见喜”的红条子，也都被大风撕得一条一条的一块一块的，这一些干燥的，毫没有水分的拉杂的一堆，刷刷啦，呼离离在人间任意的扫着。刷着豆油的平滑得和小鼓似的乡下人家的纸窗，一阵一阵的被沙粒击打着发出铃铃的铜声来。而后，鸡毛或纸片，飞得离开地面更高。若遇着毛草，或树枝，就把它们障碍住了，于是房檐上站着鸡毛，鸡毛随着风东摆一下，西摆一下，又被风从四面裹着，站得完全笔直，好像大森林里边，用野草插的标记，而那些零乱的纸片，刮在椽头上时，却呜呜呜的它也赋着生命似的叫喊。

陈公公一推开房门，刚把头探出来，他的帽子就被大风卷跑了，在那光滑滑地被大风完全扫干净了的门前平场上滚着，滚得像一个小西瓜，像一个小车轮，而最像还是像一个小风车。陈公公追着它的时候，它还扑拉拉的不让陈公公追上它。

“这刮的是什么风啊！这还叫风了吗？简直他妈的……”

陈公公的儿子，出去已经两天了，第三天就是这刮大风的天气。

“这小子到底是干什么去了啦？纳闷……这事真纳闷，……”于是又带着沉吟和失望的口气：“纳闷！”

陈公公跑到瓜田上才抓住了他的帽子，帽耳朵上滚着不少的草沫。他站在垄陌上，顺着风用手拍着那四个耳朵的帽子，而拍也拍不掉的是苍子的小刺球，他必须把它们打掉，这是多么讨厌啊！手触去时，它会把手刺痛。看起来又像小虫子，一个一个的钉在那帽沿上。

“这小子到底是干什么去啦！”帽子已经戴在头上，前边的帽耳，完全探伸在大风里，遮盖了他的眼睛。他向前走时，他的头好像公鸡的头向前探着，那顽强挣扎着的样子，就像他要攒进大风里去似的。

“这小子到底……！他妈的……”这话是从昨天晚上他就不停止地反复着。他抓掉了刚才在腿上摔着帽子时刺在裤子上的苌子，把它们在风里丢了下去。

“他真随了义勇队了吗？纳闷！明年一开春，就是这时候，就要给他娶妇了，若今年收成好，上秋也可以娶过来呀！当了义勇队，打日本……哎哎，总是年青人哪，……”当他看到村头庙堂的大旗杆，仍旧挺直的站在大风里的时候，他就向着旗杆的方向骂了一句：“小鬼子……”而后他把全身的筋肉抖擞一下，他所想的他觉得都是使他生气，尤其是那旗杆，因为插着一对旗杆的庙堂，驻着新近才开来的日本兵。

“你看这村子还像一个样子了吗？”大风已经遮掩了他嘟嘟着的嘴。他看见左边有一堆柴草，是日本兵征发去的。右边又是一堆柴草，而前村，一直到村子边上，一排一排的堆着柴草。这柴草也都是征发给日本兵的。大风刮着它们，飞起来的草沫就和打谷子扬场的时候一样，每个草堆在大风里边变成了一个一个的土堆似的在冒着烟。陈公公向前冲着时，有一团谷草好像整捆的滚在他的脚前，障碍了他。他用了全身的力量，想要把那谷草踢得远一点，然而实在不能够做到。因为风的方向和那谷草滚来的方向是一致的，而他就正和它们相反。

“这是一块石头吗？真没见过！这是什么年头，……一捆谷草比他妈一块石头还硬！……”

他还想要骂一些别的话，就是关于日本子的。他一抬头看见两匹大马和一匹小白马从西边跑来。几乎不能看清那两匹大马是棕色的或是黑色的，只好像那马的周围裹着一团烟跑来，又加上陈公公的眼睛不能够抵抗那紧逼着他而刮来的风。按着帽子，他招呼着：

“站住……嘞… …嘞……”他用舌尖，不，用了整个的舌头打着嘟噜。而这种唤马的声音只有他自己能够听到，他把声音完全灌进他自己的袖管里去。于是他放下按着帽子的手来，使那宽大的袖管离开他的嘴。把舌头在嘴里边整理一下。让它完全露在大风里，准备发出响亮的声音。他想这马一定是谁家来了客人骑来的，在马桩上没有拴住。还没等他再发出嘞嘞的唤马声，那马已经跑到他的前边。他想要把它们拦住而抓住它，当他一伸手。他就把手缩回来，他看见马身上盖着的圆的日本军营里的火印：

“这哪里是客人的马呀！这明明是他妈……”

陈公公的胡子挂上了几颗谷草叶，他一边掠着它们就打开了房门。

“听不见吧？不见得就是……”

陈姑妈的话就像落在一大锅开水里的微小的冰块，立刻就被消融了，因为一打开房门，大风和海潮似的，立刻喷了进来烟尘和吼叫的一团。陈姑妈像被扑灭了似的。她的话陈公公没有听到。非常危险，陈公公挤进门来，差一点没有撞在她的身上，原来陈姑妈的手上拿着一把切菜刀.

“是不是什么也听不见！风太大啦，前河套听说可有那么一伙，那还是前些日子，……西寨子，西水泡子我看那地方也不能不有，那边都是柳条通……一人多高。刚开春还说不定没有，若到夏天，青纱帐起的时候，那就是好地方啊……”陈姑妈把正在切着的一颗胡萝卜放在菜樽上。

“啰啰嗦嗦的叨叨些个什么！你就切你的菜吧！你的好儿子你就别提啦。”

陈姑妈从昨天晚上就知道陈公公开始不耐烦。关于儿子没有回来这件事，把他们的家都像通通变更了。好像房子忽然透了洞，好像水瓶忽然漏了水，好像太阳也不从东边出来，好像月亮也不从西边落。陈姑妈还勉勉强强的像是照常在过着日子，而陈公公在她看来，那完全是可怕的。儿子走了两夜，第一夜还算安静静地过来了。第二夜忽然就可怕起来。他通夜坐着，抽着烟，拉着衣襟，用扫帚扫着行李。扫着四耳帽子，扫着炕沿。上半夜嘴里任意叨叨着，随便想起什么来就说什么，说到他儿子的左腿上生下来时就有一块青痣：

“你忘了吗？老娘婆（即产婆）不是说过，这孩子要好好看着他，腿上有痣，是主走星照命……可就真忍心走下去啦！……他也不想想，留下他爹他娘，又是这年头，出外有个好歹的，干那勾当，若是犯在人家手里……那还那还说什么呢！就连他爹也逃不出法网……义勇队，义勇队，好汉子是要干的，可是他也得想想爹和娘呵！爹娘就你一个……”

上半夜一直他叨叨着，使陈姑妈也不能睡觉。下半夜他就开始一句话也不说，忽然他像变成了哑子，同时也变成了聋子似的。从清早起来，他就不说一句话。陈姑妈问他早饭煮点高粱米粥吃吧，可是连一个字的回答，也没有从他的嘴吐出来。他扎好腰带，戴起帽子就走了，大概是在外边转了一弯又回来了。那工夫，陈姑妈在涮一个锅都没有涮完，她一边淘着涮锅水，一边又问一声：

“早晨就吃高粱米粥好不好呢？”

他没有回答她，两次他都并没听见的样子。第三次，她就不敢问了。

晚饭又吃什么呢？又这么大的风。她想还是先把萝卜丝切出来，烧汤也好，炒着吃也好。一向她做饭，是做三个人吃的，现在要做两个人吃的，只少了一个人，连下米也不知道该下多少。那一点米。在盆底上，洗起来简直是拿不上手来。

“那孩子，真能吃，一顿饭三四碗……可不吗，二十多岁的大小伙子是正能吃的时候……”

她用饭勺子搅了一下那剩在瓦盆里的早晨的高粱米粥，高粱米粥凝了一个明光光的大锤。饭勺子在上面触破了它，它还发出有弹性的触在猪皮冻上似的响声：“稀饭就是这样，剩下来的扔了又可惜，吃吧，又不好吃，一热就粥不是粥，饭不是饭……”

她想要决定这个问题，勺子就在小瓦盆边上沉吟了两下。她好像思想家似的，很困难的感到她的思维方法全不够用。

陈公公又跑出去了，随着打开的门扇扑进来的风尘又遮盖了陈姑妈。

他们的儿子前天一出去就没有回来。不是当了土匪就是当了义勇军，也许就是当了义勇军。陈公公记得清清楚楚的，那孩子从去年冬天就说做棉裤要做厚一点，还让他的母亲把四耳帽子换上两块新皮子。他说：

“要干，拍拍屁股就去干，弄得利利索索的。”

陈公公就为着这话问过他：

“你要干什么呢？”

当时他只反问他父亲一句没有结论的话，可是陈公公听了儿子的话只答应两声：“唉！唉！”也是同样的没有结论。

“爹！你想想要干什么去！”儿子说的只是这一句。

陈公公在房檐下扑着一颗打在他脸上的鸡毛，他顺手就把它扔在风里边。看起来那鸡毛简直是被风夺走的，并不像他把它丢开的。因它一离开手边，要想抓也抓不住，要想看也看不见，好像它早已决定了方向就等着奔去的样子。陈公公正在想着儿子那句话，他的鼻子上又打来了第二颗鸡毛，说不定是一团狗毛，他只觉得毛茸茸地他就用手把它扑掉了。他又接着想，同时望着西方，他把脚跟抬起来，把全身的力量都站在他的脚尖上。假若有太阳，他就像孩子似的看着太阳是怎样落山的，假若有晚霞他就像孩子似的翘起脚尖来要看到晚霞后面究竟还有什么。而现在西方和东方一样，南方和北方也都一样，混混溶溶地，黄的色素遮迷过眼睛所能看到的旷野，除非有山或是有海会把这大风遮住，不然它就永远要没有止境的刮过去似的。无论清早，无论晌午和黄昏，无论有天河横在天上的夜，无论过年或过节，无论春夏和秋冬。

现在大风像在洗刷着什么似的，房顶没有麻雀飞在上面，大田上看不见一个人影，大道上也断绝了车马和行人。而人家的烟囱里更没有一家冒着烟的，一切都被大风吹干了。这活的村庄变成了刚刚被掘出土地的化石的村庄了。一切活动着的都停止了，一切响叫着的都哑默了，一切歌唱着的都在叹息了，一切发光的都变成混浊的了，一切颜色，都变成没有颜色了。

陈姑妈抵抗着大风的威胁，抵抗着儿子跑了的恐怖，又抵抗着陈公公为着儿子跑走的焦烦。

她坐在条凳上，手里折着经过一个冬天还未十分干的柳条枝，折起四五节来。她就放在她面前临时生起的火堆里，火堆为着刚刚丢进去的树枝随时起着爆炸，黑烟充满着全屋，好像暴雨快要来临时天空的黑云似的。这黑烟和黑云不一样，它十分会刺激人的鼻子，眼睛和喉咙……

“加小心哪！离灶火腔远一点呵……大风会从灶火门把柴火抽进去的……”

陈公公一边说着，一边拿起树枝来也折几棵。

“我看晚上就吃点面片汤吧……连汤带饭的，省事。”

这话在陈姑妈，就好像小孩子刚一学说话时，先把每个字在心里想了好几遍，而说时又每个字用心考虑着。她怕又像早饭时一样，问他，他不回答，吃高粱米粥时，他又吃不下去。

“什么都行，你快做吧，吃了好让我也出去走一趟。”

陈姑妈一听说让她快做，拿起瓦盆来就放在炕沿上，小面口袋里只剩一碗多面，通通搅和在瓦盆底上。

“这不太少了吗……反正多少就这些，不够吃，我就不吃。”她想。

陈公公一会跑进来，一会跑出去，只要他的眼睛看了她一下，她总觉得就要问她：

“还没做好吗？还没做好吗？”

她越怕他在她身边走来走去，他就越在她身边走来走去。燃烧着的柳条枝丝拉丝拉的发出水声来，她赶快放下手里在撕着的面片，抓起扫地扫帚来煽着火，锅里的汤连响边都不响边，汤水丝毫没有滚动声，她非常着急。

“好啦吧？好啦就快端来吃……天不早啦……吃完啦我也许出去绕一圈……”

“好啦，好啦！用不了一袋烟的工夫就好啦……”

她打开锅盖吹着气看看，那面片和死了的小白鱼似的，一动也不动的漂在水皮。

“好啦就端来呀！吃呵！”

“好啦……好啦……”

陈姑妈答应着，又开开锅盖，虽然汤还不翻花，她又勉强的丢进几条面片去。并且尝一尝汤或咸或淡，铁勺子的边刚一贴到嘴唇……

“哟哟！”汤里还忘记了放油。

陈姑妈有两个油罐，一个装豆油一个装棉花籽油，两个油罐永远并排的摆在碗橱最下的一层，怎么会弄错呢！一年一年的这样摆着，没有弄错过一次。但现在这错误不能挽回了，已经把点灯的棉花籽油撒在汤锅里了，虽然还没有散开，用勺子是淘不起来的，勺子一触上就把油圈触破了，立刻就成无数的小油圈，假若用手去抓也不见得会抓起来。

“好啦就吃呵！”

“好啦好啦！”她非常害相，自己也不知道她回答的声音特别响亮。

她一边吃着一边留心陈公公的眼睛。

“要加点汤吗？还是要加点面……”

她只怕陈公公亲手去盛面，而盛了满碗的棉花籽油来，要她盛时，她可以用嘴吹跑了浮在皮上的棉花籽油，尽量去盛锅底上的。

一放下饭碗，陈公公就往外跑。开房门，他想起来他没有戴帽子：

“我的帽子呢？”

“这儿呢，这儿呢。”

其实她真的没有看见他的帽子，过于担心了的缘故，顺口答应了他。

陈公公吃完了棉花籽油的面片汤，出来一见到风，感到非常凉爽，他用脚尖站着，他望着西方，并不是他知道他的儿子在西方或是要从西方回来，而是西方有一条大路可以通到城里。

旷野，远方，大平原上，看也看不见的地方，听也听不清的地方，狗叫声，人声，风声，土地声，山林声，一切喧哗，一切好像落在火焰里的那种暴乱，在黄昏的晚霞之后，完全停息了。

西方平静得连地面都有被什么割据去了的感觉，而东方也是一样。好像刚刚被大旋风扫过的柴栏，又好像被暴雨洗刷过的庭院，狂乱的和暴躁的完全停息了。停息得那么斩然，像是在远方并没有发生过什么事情。今天的夜，和昨天的夜完全一样，仍旧能够唤发着黄昏以前的记忆的，一点也没有留存。地平线远处或近处完全和昨夜一样平坦的展放着，天河的繁星仍旧和小银片似的成群的从东北方列到西南方去。地面和昨夜一样的哑默，而天河和昨夜一样的繁华。一切完全和昨夜一样。

豆油灯照例是先从前村点起，而后是中间的那个村子，而再后是最末的那个村子。前村最大，中间的村子不太大，而最末的一个最不大。这三个村子好像祖父、父亲和儿子，他们一个牵着一个的站在平原上，冬天落雪的天气，这三个村子就一齐变白了。而后用扫帚打扫出一条小道来，前村的人经过后村的时候，必须说一声：

“好大的雪呀！”

后村的人走过中村时，也必须关于这大雪问候一声，这雪是烟雪或棉花雪，或清雪。

春天雁来的晌午，他们这三个村子就一齐听着雁鸣。秋天乌鸦经过天空的早晨，这三个村子也一齐看着遮天的黑色的大群。

陈姑妈住在最后的村子边上，她的门前一棵树也没有。一头牛，一匹马，一个狗或是几只猪，这些她都没有养，只有一对红公鸡在鸡架上蹲着，或是在房前寻食小虫或米粒。那火红的鸡冠子迎着太阳向左摆一下，向右荡一下，而后闭着眼睛用一只腿站在房前或柴堆上，那实在是一对小红鹤。而现在它们早就攒进鸡架去，和昨夜一样也早就睡着了。

陈姑妈的灯碗子也不是最末一个点起，也不是最先一个点起。陈姑妈记得，在一年之中，她没有点几次灯，灯碗完全被蛛丝蒙盖着，灯芯落到灯碗里了，尚未用完的一点灯油混了尘土都粘在灯碗上。

陈姑妈站在锅台上把摆在灶王爷板上的灯碗取下来，用剪刀的尖端搅着灯碗底，那一点点棉花籽油虽然变得浆糊一样，但是仍旧发着一点油光，又加上一点新从罐子倒出来的棉花籽油，小灯于是噼噼拉拉的站在炕沿上了。

陈姑妈在烧香之前，先洗了手。平日很少用过的家制的肥皂，今天她存心多擦一些，冬天因为风吹而麻皮了的手，一开春就横横竖竖的裂着满手的小口，相同冬天里被冻裂的大地，虽然春风昼夜的吹击，想要弥补了这缺隙。不但没有弥补，反而更把它们吹得深陷而裸露了。陈姑妈又用原来那块过年时写对联剩下的红纸把肥皂包好。肥皂因为被空气的消蚀，还落了白花花的碱沫在陈姑妈的大襟上。她用扫帚扫掉了那些。又从梳头匣子摸出黑乎乎的一面玻璃砖镜子来。她一照那镜子，她的脸就在镜子里被切成横横竖竖地许多方格子。那块镜子在十多年前被打碎了以后，就缠上四五尺长的红头绳，现在仍旧是那块镜子。她想要照一照碎头发丝是否还有垂在额前，结果什么也没有看见，只恍恍惚惚地她还认识镜子里边的确是她自己的脸。她记得近几年来镜子就不常用，只有在过新年的时候，四月十八上庙的时候。再就是前村娶媳妇或是丧事，她才把镜子拿出来照照，所以那红头绳若不是她自己还记得，谁看了敢说原来那红头绳是红的！因为发霉和油腻得使手触上去时感到了是触到胶上似的。陈姑妈连更远一点的集会也没有参加过，所以她养成了习惯，怕过河，怕下坡路，怕经过树林，更怕的还有坟场，尤其是坟场里枭鸟的叫声，无论白天或夜里，什么时候听了，她就什么时候害怕。

陈姑妈洗完了手，扣好了小铜盆在柜底下。她在灶王爷板上的香炉里，插了三炷香。接着她就跪下去，向着那三个并排的小红火点叩了三个头。她想要念一段“上香头”，因为那经文并没有全记住，她想若不念了成套的，那更是对神的不敬，更是没有诚心。于是胸前扣着紧紧的一双掌心，她虔诚的跪着。

灶王爷不晓得知不知道陈姑妈的儿子到底那里去了，只在香火后边静静的坐着。蛛丝混着油烟，从新年他和灶王奶奶并排的被浆糊贴在一张木板上那一天起，就无间断的蒙在他的脸上。大概什么他也看不着了，虽然陈姑妈的眼睛为着儿子就要挂下眼泪来。

外边的风一停下来，空气宁静得连针尖都不敢触上去。充满着人的感觉的都是极脆弱而又极完整的东西。村庄又恢复了它原来的生命。脱落了草的房脊静静的在那里躺着。几乎被拔走了的小树垂着头在休息。鸭子呱呱的在叫，相同喜欢大笑的人遇到了一起。白狗，黄狗，黑花狗，……也许两条平日一见到非咬架不可的狗，风一静下来，它们都前村后村的跑在一起。完全是一个平静的夜晚，远处传来的人声清澈得使人疑心是从山涧里发出来的。

陈公公在窗外来回的踱走，他的思想系在他儿子的身上，仿佛让他把思想系在一颗陨星上一样。陨星将要沉落到哪里去，谁知道呢？

陈姑妈因为过度的虔诚而感动了她自己，她觉得自己的眼睛是湿了。让孩子从自己手里长到二十岁，是多么不容易！而最酸心的，不知是什么无缘无故把孩子夺了去。她跪在灶王爷前边回想着她的一生，过去的她觉得就是那样了。人一过了五十，只等着往六十上数。还未到的岁数，她一想还不是就要来了吗？这不是眼前就开头了吗？她想要问一问灶王爷她的儿子还能回来不能！因为这烧香的仪式过于感动了她，她只觉得背上有点寒冷，眼睛有点发花。她一连用手背揩了三次眼睛，可是仍旧不能看见香炉碗里的三炷香火。

她站起来，到柜盖上去取火柴盒时，她才想起来，那香是隔年的，因为潮湿而灭了。

“这是多么不敬呵！”

陈姑妈又站上锅台去，打算把香重新点起。因为她不常站在高处，多少还有点害怕。正这时候，房门忽然打开了。

陈姑妈受着惊，几乎从锅台上跌下来。回头一看，她说：

“哟哟！”

陈公公的儿子回来了，身上背着一对野鸡。

一对野鸡，当他往炕上一摔的时候，他的大笑和翻滚的开水卡拉卡拉似的开始了，又加上水缸和窗纸都被震动着，所以他的声音还带着回声似的，和冬天从雪地上传来的打猎人的笑声一样。但这并不是他今天特别出奇的笑，他笑的习惯就是这样。从小孩子时候起，在蚕豆花和豌豆花之间，他和会叫的大鸟似的叫着。他从会走路那天起就跟陈公公跑在瓜田上，他的眼睛真的明亮得和瓜田的黄花似的，他的腿因为刚学着走路，常常耽不起那丝丝拉拉的瓜身的缠绕，跌倒是他每天的功课。而他不哭也不呻吟，假若擦破了膝盖的皮肤而流了血，那血简直不是他的一样。他只是跑着，笑着，同时嚷嚷着。若全身不穿衣裳，只带一个蓝麻花布的兜肚，那就像野鸭子跑在瓜田上了，东颠西摇的，同时嚷着和笑着。并且这孩子一生下来陈姑妈就说：

“好大嗓门！长大了还不是个吹鼓手的角色！”

对于这初来的生命，不知道怎样去喜欢他才好，往往用被人蔑视的行业或形容词来形容，这孩子的哭声实在大，老娘婆想说：

“真是一张好锣鼓！”

可是他又不是女孩，男孩是不准骂他锣鼓的，被骂了破锣之类，传说上不会起家……

今天他一进门就照着他的习惯大笑起来，若让邻居们听了，一定不会奇怪。若让他的舅母或姑母听了，也一定不会奇怪。她们都要说：

“这孩子就是这样长大的呀！”

但是做父亲的和做母亲的反而奇怪起来。他笑得在陈公公的眼里简直和黄昏之前大风似的，不能够控制，无法控制，简直是一种多余，是一种浪费。

“这不是疯子吗……这……这……”

这是第一次陈姑妈对儿子起的坏的联想。本来她想说：

“我的孩子啊！你可跑到哪儿去了呢！你……你可把你爹……”

她对她的儿子起了反感。他那么坦荡荡的笑声，就像他并没有离开过家一样。但是母亲心里想：

“他是偷着跑的呀！”

父亲站到红躺箱的旁边，离开儿子五六步远。背脊靠在红躺箱上。那红躺箱还是随着陈姑妈陪嫁来的，现在不能分清还是红的还是黑的了。正像现在不能分清陈姑妈的头发是白的还是黑的一样。

陈公公和生客似的站在那里。陈姑妈也和生客一样。只有儿子才像这家的主人，他活跃的，夸张的，漠视了别的一切。他用嘴吹着野鸡身上的花毛。用手指尖扫着野鸡尾巴上的漂亮的长翎。

“这东西最容易打，攒头不顾腚……若一开枪，它就插猛子……这俩都是这么打住的。爹！你不记得么！我还是小的时候，你领着我一块出去拜年去……那不是，那不是……”他又笑起来：“那不是么！就用砖头打住一个。趁它把头插进雪堆去。”

陈公公的反感一直没有减消，所以他对于那一对野鸡就像没看见一样，虽然他平常是怎么喜欢吃野鸡。鸡丁炒芥菜缨，鸡块炖土豆。但是他并不向前一步，去触触那花的毛翎。

“这小子到底是去干的什么？”

在那棉花籽油灯还点燃着的时候，陈公公只是向自己在反复。

“你到底跑出去干什么去了呢？”

陈公公第一句问了他的儿子，是在小油灯噼噼拉拉的灭了之后。他静静的把腰伸开，使整个的背脊接近了火炕的温热的感觉。他充满着庄严而胆小的情绪等待儿子的回答。他最怕就怕的是儿子说出他加入了义勇队，而最怕的又怕他儿子不向他说老实话。所以已经来到喉咙的咳嗽也被他压下去了，他抑止着可能抑止的从他自己发出的任何声音。三天以来的苦闷和急躁，陈公公觉得一辈子只有过这一次。也许还有过，不过那都提起来远了，忘记了。就是这三天，他觉得比活了半辈子还长。平常他就怕他早死，因为早死，使他不得兴家立业，不得看见他的儿孙的繁荣。而这三天，他想还是算了吧！活着大概是没啥指望。关于儿子加入义勇队没有，对于陈公公是一种新的生命，比儿子加入了义勇队的新的生命的价格更高。

儿子回答他的，偏偏是欺骗了他。

“爹！我不是打回一对野鸡来么！跟前村的李二小子一块……跑出去一百多里……”

“打猎哪有这样打的呢！一跑就是一百多里……”陈公公的眼睛注视着纸窗微黑的窗棂。脱离他嘴唇的声音并不是这句话，而是轻微的和将要熄灭的灯火那样无力叹息。

春天的夜里，静穆得带着温暖的气息，尤其是当柔软的月光照在窗子上，使人的感觉像是看见了鹅毛在空中游着似的，又像刚刚睡醒由于温暖而眼睛所起的惰懒的金花在腾起。

陈公公想要证明儿子非加入了义勇队不可的，一想到“义勇队”这三个字，他就想到“小日本”那三个字。

“××××××××××××××××，××××。”一想到这个，他就怕再想下去，再想下去，就是小日本枪毙义勇队。所以赶快把思想集中在纸窗上，他无用处的计算着纸窗被窗棂所隔开的方块到底有多少。两次他都是数到第七块上就被义勇队这三个字撞进脑子来而搅混了。

睡在他旁边的儿子，和他完全是两个隔离的灵魂。陈公公转了一个身，在转身时他看到了儿子在微光里边所反映的蜡明的脸面和他长拖拖的身子。只有儿子那瘦高的身子和挺直的鼻梁还和自己一样。其余的，陈公公觉得，完全都变了，只有三天的工夫，儿子和他完全两样了。两样得就像儿子根本没有和他一块生活过，根本他就不认识他，还不如一个刚来的生客。因为对一个刚来的生客最多也不过生疏。而绝没有忌妒。对儿子，他却忽然存在了忌妒的感情。秘密一对谁隐藏了，谁就忌妒，而秘密又是最自私的，非隐藏不可。

陈公公的儿子没有去打猎，没有加入义勇队。那一对野鸡是用了三天的工钱在松花江的北沿铁道旁买的。他给日本人修了三天铁道。对于工钱，还是他生下来第一次拿过。他没有做过佣工，没有做过零散的铲地的工人，没有做过帮忙的工人。他的父亲差不多半生都是给人家看守瓜田。他随着父亲从夏天就开始住在三角形的瓜窝堡里。瓜窝堡春天是在绿色的瓜花里边，秋天则和西瓜或香瓜在一块了。夏天一开始，所有的西瓜和香瓜的花完全开了，这些花并不完全每个结果了，有些个是谎花。这谎花只有谎骗人，一两天就蔫落了。这谎花要随时摘掉的。他问父亲说：

“这谎花为什么要摘掉呢？”

父亲只说：

“摘掉吧！它没有用处。”

长大了他才知道，谎花若不摘掉，后来越开越多。那时候他不知道，但也同父亲一样的把谎花一朵一朵的摘落在垄沟里。小时候他就在父亲给人家管理的那块瓜田上。长大了仍旧是在父亲给人家管理的瓜田上。他从来没有直接给人家佣工，工钱从没有落过他的手上。这修铁道是第一次。况且他又不是专为着修铁道拿工钱而来的。所以三天的工钱就买了一对野鸡。第一：可以使父亲喜欢。第二：可以借着野鸡撒一套谎。

现在他安安然然的睡着了，他以为父亲对他的谎话完全信任了。他给日本人修铁道预备偷着拔出铁道钉子来，弄翻了火车这个企图，仍旧是秘密的。在梦中他也像看见了日本兵的子弹车和食品车。

“这虽然不是当的义勇军，可是干的事情不也是对着小日本吗？洋酒，盒子肉（罐头），我是没看见，只有听说，上次让他们弄翻了车，就是义勇军派人弄的。东西不是通通被义勇军得去了吗……他妈的……就不用说吃，用脚踢着玩吧，也开心。”

他翻了一个身，他擦一擦手掌。白天他是这样想的，夜里他也就这样想着就睡了。他擦着手掌的时候，可觉得手掌与平常有点不一样，有点僵硬和发热。两只胳臂仍旧抬着铁轨似的有点发酸。

陈公公张着嘴，他怕呼吸从鼻孔进出，他怕一切声音，他怕听到他自己的呼吸。偏偏他的鼻子有点窒塞。每当他吸进一口气来，就像有风的天气，纸窗破了一个洞似的，呜呜地在叫。虽然那声音很小，只有留心才能听到。但到底是讨厌的，所以陈公公张着嘴预备着睡觉。他的右边是陈姑妈，左边是不知从那里弄来一对野鸡莫名其妙的儿子。

棉花籽油灯熄灭后，灯芯继续发散出胡香的气味。陈公公偶尔从鼻子吸了一口气时，他就嗅到那灯芯的气味。因为他讨厌那气味，并不觉得是胡香的，而觉得是辣酥酥的引他咳嗽的气味。所以他不能不张着嘴呼吸。好像他讨厌那油烟，反而大口的吞着那油烟一样。

第二天，他的儿子照着前回的例子，又是没有声响的就走了。这次他去了五天，比第一次又多了两天。

陈公公应付着他自己的痛苦非常沉着的。他向陈姑妈说：

“这也是命呵……命理当然……”

春天的黄昏，照常存在着那种静穆得就要浮腾起来的感觉。陈姑妈的一对红公鸡，又像一对小红鹤似的用一只腿在房前站住了。

“这不是命是什么！算命打卦的，说这孩子不能得他的继……你看，不信是不行呵，我就一次没有信过。可是不信又怎样，要落在头上的事情，就非落上不可。”

黄昏的时候，陈姑妈在檐下整理着豆秆，凡是豆荚里还存在一粒或两粒豆子的，她就一粒不能跑过的把那豆粒留下，她右手拿着豆秆，左手摘下豆粒来，摘下来的豆粒被她丢进身旁的小瓦盆去，每颗豆子都在小瓦盆里跳了几下。陈姑妈左手里的豆秆也就丢在一边了。越堆越高起来的豆秆堆，超过了陈姑妈坐在地上的高度。必须到黄昏之后，那豆粒滚在地上也找不着的时候，陈姑妈才把豆秆抱进屋去。明天早晨，这豆秆就在灶火门里边变成红忽忽的火。陈姑妈围绕着火，好像六月里的太阳围绕着菜园。谁最热烈呢？陈姑妈呢！还是火呢！这个分不清了。火是红的，可是陈姑妈的脸也是红的。正像六月太阳是金黄的，六月的菜花也是金黄的一样。

春天的黄昏是短的，并不因为人们喜欢而拉长，和其余三个季节的黄昏一般长。养猪的人家喂一喂猪，放马的人家饮一饮马……若是什么也不做，只是抽一袋烟的工夫呵，陈公公就是什么也没有做，拿着他的烟袋站在房檐底下。黄昏一过去，陈公公就变成一个长拖拖的影子，好像一个黑色的长柱支持着房檐。他的身子的高度，超出了这一连排三个村子所有的男人。只有他的儿子说不定在这一两年中要超过他的。现在儿子和他完全一般高。走进门的时候，儿子担心着父亲，怕父亲碰了头顶。父亲担心着儿子，怕是儿子无止境的高起来，进门时，就要顶在门梁上。其实不会的，因为父亲心里特别喜欢儿子也长了那么高的身子而常常说着相反的话。

陈公公一进房门，帽子撞在上门梁上，上门梁把帽子擦歪了。这是从来也没有过的事情。一辈子就这么高，一辈子也总戴着帽子。因此立刻又想起来儿子那么高的身子，而现在完全无用了，高有什么用呢！现在是他自己任意出去瞎跑，陈公公的悲哀，他自己觉得完全是因为儿子长大了的缘故。

“人小，胆子也小，人大胆子也大……”

所以当他看到陈姑妈的小瓦盆里泡了水的黄豆粒，一夜就裂嘴了，两夜芽子就长过豆粒子。他心里就恨那豆芽。他说：

“新的长过老的了，老的完蛋了。”

陈姑妈并不知道这话什么意思，她一边梳着头一边答应着：

“可不是么……人也是这样……个人家的孩子，撒手就跟老子一般高了。”

第七天上，儿子又回来了，这回并不带着野鸡，而带着一条号码：三百八十一号。

陈公公从这一天可再不说什么“老的完蛋了”这一类的话。有几次儿子刚一放下饭碗，他就说：

“擦擦汗就去吧！”

更可笑的他有的时候还说：

“扒拉扒拉饭粒就去吧！”

这本是对三岁五岁的小孩子说的，因为不大会用筷子，弄了满嘴的饭粒的缘故。

别人若问他：

“你儿子呢？”

他就说：

“人家修铁道去啦……”

他的儿子修了铁道，他自己就像在修着铁道一样。是凡来到他家的：卖豆腐的，卖馒头的，收买猪毛的，收买碎铜乱铁的，就连走在前村子边上的不知道那个村子的小猪官有一天问他：

“大叔，你儿子听说修了铁道吗？”

陈公公一听，立刻向小猪官摆着手：

“你站住……你停一下……你等一等，你别忙，你好好听着！人家修了铁道啦……是真的。连号单都有：三百八十一。”

他本来打算还要说。有许多事情必得见人就说，而且要说就说得详细。关于儿子修铁道这件事情，是属于见人就说而要说得详细这一种的。他想要说给小猪官的，正像他要说给早晨担着担子来到他门口收买碎铜乱铁那个一只眼的一样多。可是小猪官走过去了。手里打着个小破鞭子。陈公公心里不大愉快。他顺口说了一句：

“你看你那鞭子吧，没有了鞭梢，你还打呢！”

走了好远了，陈公公才听明白，放猪的那孩子唱的正是他在修着铁道的儿子的号码“三百八十一”。

陈公公是一个和善人，对于一个孩子他不会多生气。

不过他觉得孩子终归是孩子。不长成大人，能懂得什么呢？他说给那收买碎铜乱铁的，说给卖豆腐的，他们都好好的听着，而且问来问去。他们真是关于铁道的一点常识也没有。陈公公也和那卖豆腐的差不多，等他一问到连陈公公也不大晓得的地方，陈公公就笑起来，用手拔一棵前些日子被大风吹散下来的房檐的草梢：

“哪儿知道呢！等修铁道的回来讲给咱们听吧！”

比方那卖豆腐的问：

“我说那火车就在铁道上，一天走了千八百里也不停下来喘一口气！真是，了不得呀……陈大叔，你说，也就不喘一口气！”

陈公公就大笑着说：

“等修铁道的回来再说吧！”

这问的多么详细呀！多么难以回答呀！因为陈公公也是连火车见也没见过。但是越问得详细，陈公公就越喜欢。他的道理是：人非长成人不可，不成人……小孩子有什么用……小孩子一切没有计算！于是陈公公觉得自己的儿子幸好已经二十多岁；不然，就好比这修铁道的事情吧，若不是他自己有主意，若不是他自己偷着跑去的。这样的事情，一天五角多钱，怎么能有他的份呢？

陈公公也不一定怎样爱钱，只要儿子没有加入义勇军，他就放心了。不但没有加入义勇军，反而拿钱回来，几次他一看到儿子放在他手里的崭新的纸票，他立刻想到三百八十一号。再一想又一定想到那天大风停了的晚上，儿子背回来的那一对野鸡。再一想就是儿子会偷着跑出去，这是多么有主意的事呵。这孩子从小没有离开过他的爹妈。可是这下子他跑了，虽然说是跑的把人吓一跳。可到底跑的对。没有出过门的孩子，就像没有出过飞的麻雀；没有出过洞的小耗子。等一出来啦！飞得比大雀还快。

到四月十八，陈姑妈在庙会上所烧的香比哪一年烧的都多。娘娘庙烧了三大子线香，老爷庙也是三大子线香。同时买了些毫无用处的只是看着玩的一些东西。她竟买起假脸来，这是多少年没有买过的啦！她屈着手指一算，已经是十八九年了。儿子四岁那年她给他买过一次，以后再没买过。

陈姑妈从儿子修了铁道以后，表面上没有什么改变，她并不和陈公公一样，好像这小房已经装不下他似的，见人就告诉儿子修了铁道。她刚刚相反，一句话也不说，只是围绕着她的又多了些东西。在柴栏子旁边除了鸡架又多了个猪栏子。里边养着一对小黑猪。陈姑妈什么都喜欢一对，就因为现在养的小花狗只有一个而没有一对的那件事，使她一休息下来，小狗一在她腿上擦着时，她就说：

“可惜这小花狗就不能再讨到一个。一对也有个伴呵！单个总是孤单单的。”

陈姑妈已经买了一个透明的化学品的肥皂盒。买了一把新剪刀，她每次用那剪刀，都忘不了用手摸摸剪刀。她想：这孩子什么都出息了，买东西也会买，是真钢的。六角钱，价钱也好。陈姑妈的东西已经增添了许多，但是那还要不断的增添下去。因为儿子修铁道每天五角多钱。陈姑妈新添的东西，不是儿子给她买的，就是儿子给她钱她自己买的。从心说她是喜欢儿子买给她东西，可是有时当着东西从儿子的手上接过来时她却说：

“别再买给你妈这个那个的啦……会赚钱可别学着会花钱……”

陈姑妈的梳头镜子也换了。并不是说那个旧的已经扔掉，而是说新的钻亮的已经站在红躺箱上了。陈姑妈一擦箱盖，擦到镜子旁边，她就像发现了一个新的小天地一样。那镜子实在比旧的明亮到不可计算那些倍。

陈公公也说过：

“这镜子简直像个小天河。”

儿子为什么刚一跑出去修铁道，要说谎呢？为什么要说是去打猎呢？关于这个，儿子解释了几回。他说修铁道这事，怕父亲不愿意，他也没打算久干这事，三天两日的，干干试试。长了怎么能不告诉父亲呢，可是陈公公放下饭碗说：

“这都不要紧，这都不要紧……到时候了吧，咱们家也没有钟。擦擦汗去吧！”到后来他对儿子竟催促了起来。

陈公公讨厌的大风又来了。从房顶上，从枯树上来的，从瓜田上来的，从西南大道上来的。而这些都不对，说不定是从那儿来的。浩浩荡荡地，滚滚旋旋地，使一切都吼叫起来，而那些吼叫又淹灭在大风里。大风包括着种种声音，好像大海包括着海星，海草一样。谁能够先看到海星海草而还没看到大海？谁能够先听到因大风而起的这个那个的吼叫而还没有听到大风？天空好像一张土黄色的大牛皮，被大风鼓着，荡着，撕着，扯着，来回的拉着。从大地卷起来的一切干燥的，拉杂的，零乱的，都向天空扑去，而后再落下来，落到安静的地方，落到可以避风的墙根，落到坑坑凹凹的不平的地方，而添满了那些不平。所以大地在大风里边被洗得干干净净的，平平坦坦地。而天空则完全相反，混沌了，冒烟了，刮黄天了，天地刚好吹倒转了个。人站在那里就要把人吹跑，狗跑着就要把狗吹得站住，使向前的不能向前，使退后的不能退后。小猪在栏子里边不愿意哽叫，而它必须哽叫，孩子唤母亲的声音，母亲应该听到，而她必不能听到。

陈姑妈一推开房门，就被房门带着跑出去了。她把门扇只推一个小缝就不能控制那房门了。

陈公公说：

“那又算什么呢！不冒烟就不冒烟。拢火就用铁大勺下面片汤，连汤带菜的，吃着又热和。”

陈姑妈又说：

“柴火也没抱进来，我只以为这风不会越刮越大……抱一抱柴火不等进屋，从怀里都被吹跑啦……”

陈公公说：

“我来抱。”

陈姑妈又说：

“水缸的水也没有了呀……”

陈公公说：

“我去挑，我去挑。”

讨厌的大风要拉去陈公公的帽子，要拔去陈公公的胡子。他从井沿挑到家里的水，被大风吹去了一半，两只水桶，每只剩了半桶水。

陈公公讨厌的大风，并不像那次儿子跑了没有回来的那次的那样讨厌。而今天最讨厌大风的像是陈姑妈。所以当陈姑妈发现了大风把房脊抬起来了的时候，陈公公说：

“那算什么……你看我的……”

他说着就蹬了房檐下酱缸的边沿上了房。陈公公对大风十分有把握的样子，他从房檐走到房脊去是直着腰走。虽然中间被风压迫着弯过几次腰。

陈姑妈把砖头或石块传给陈公公。他用石头或砖头压着房脊上已经飞起来的草。他一边压着一边骂着。乡下人自言自语的习惯，陈公公也有：

“你早晚还不得走这条道吗！你和我过不去，你偏要飞，飞吧！看你这几根草我就制服不了你……你看着，你他妈的，我若让你能够从我手里飞走一棵草刺也算你能耐。”

陈公公一直吵叫着，好像风越大，他的吵叫也越大。

住在前村卖豆腐的老李来了，因为是顶着风，老李跑了满身是汗。他喊着陈公公：

“你下来一会，我有点事，我告……告诉你。”

陈公公说：

“有什么要紧的事，你等一等吧，你看我这房子的房脊，都给大风吹靡啦！若不是我手脚勤俭，这房子住不得，刮风也怕，下雨也怕。”

陈公公得意的在房顶上故意的迟延了一会。他还说着：

“你们先进屋去抽一袋烟……我就来，就来……”

卖豆腐的老李把嘴塞在袖口里边，大风大得连呼吸都困难了。他在袖口里边招呼着：

“这是要紧的事，陈大叔……陈大叔你快下来吧……”

“什么要紧的事！还有房盖被大风抬走了的事要紧……”

“陈大叔，你下来，我有一句话说……”

“你要说就那儿说吧！你总是火烧屁股似的……”

老李和陈姑妈走进屋去了。老李仍旧用袖口堵着嘴像在院子里说话一样。陈姑妈靠着炕沿听着李二小子被日本抓去啦……

“什么！什么！是么！是么！”陈姑妈的黑眼珠向上翻着，要翻到眉毛里去似的。

“我就是来告诉这事……修铁道的抓了三百多……你们那孩子……”

“为着啥事抓的？”

“弄翻了日本人的火车罢啦！”

陈公公一听说儿子被抓去了，当天的夜里就非向着西南大道上跑不可。那天的风是连夜刮着，前边是黑滚滚的，后边是黑滚滚的。远处是黑滚滚的，近处是黑滚滚的。分不出头上是天，脚下是地。分不出东南西北。陈公公打开了小钱柜，带了所有儿子修铁道赚来的钱。

就是这样黑滚滚的夜，陈公公离开了他的家，离开了他管理的瓜田，离开了他的小草房，离开了陈姑妈。他向着西南大道向着儿子的方向，他向着连他自己也辨别不清的远方跑去，他好像发疯了，他的胡子，他的小袄，他的四耳帽子的耳朵，他都用手扯着它们。他好像一只野兽，大风要撕裂了他，他也要撕裂了大风。陈公公在前边跑着。陈姑妈在后面喊着：

“你回来吧！你回来吧！你没有了儿子，你不能活。你也跑了，剩下我一个人，我可怎么活……”

大风浩浩荡荡的，把陈姑妈的话卷走了，好像卷着一根毛草一样。不知卷向什么的地方去了。

陈公公倒下来了。

第一次他倒下来，是倒在一棵大树的旁边。第二次倒下来是倒在什么也没有存在的空空场场平平坦坦的地方。

现在是第三次，他实在不能再走了，他倒下了，倒在大道上。

他的膝盖流着血，有几处都擦破了皮肉，四耳帽子跑丢了。眼睛的周遭全是在翻花。全身都在痉挛，抖擞。血液停止了。鼻子流着清冷的鼻涕。眼睛流着眼泪。两腿转着筋。他的小袄被树枝撕破，裤子扯了半尺长一条大口子，尘土和风就都从这里向里灌，全身马上僵冷了。他恨命的一喘气，心窝一热，便倒下去了。

等他重新爬起来，他仍旧向旷野里跑去，他凶狂的呼喊着。连他自己都不知道叫的是什么。风在四周捆绑着他，风在大道上毫无倦意的吹啸，树在摇摆，连根拔起来，摔在路旁，地平线在混沌里完全消融，风便作了一切的主宰。

二八年一月卅日

创作于1939年1月30日，篇尾标注的日期为中华民国纪年日期。首刊于1939年4月17日至5月7日《星岛日报·星座》（香港）第252至272号，署名萧红。收入上海杂志公司（桂林）1940年3月初版《旷野的呼喊》。

花 狗

在一个深奥的，很小的院心上，集聚几个邻人。这院子种着两棵大芭蕉，人们就在芭蕉叶子下边谈论着李寡妇的大花狗。

有的说：

“看吧，这大狗又倒霉了。”

有的说：

“不见得，上回还不是闹到终归儿子没有回来，花狗也饿病了。因此李寡妇哭了好几回……”

“唉，你就别说啦，这两天还不是么，那大花狗都站不住了，若是人一定要扶着墙走路……”

人们正说着，李寡妇的大花狗就来了。它是一条虎狗，头是大的，嘴是方的，走起路来很威严，全身是黄毛带着白花。它从芭蕉叶里露出来了，站在许多人的面前，还勉强的摇一摇尾巴。

但那原来的姿态完全不对了，眼睛没有一点光亮，全身的毛好像要脱落似的在它的身上飘浮着。而最可笑的是它的脚掌很稳的抬起来，端得平平的再放下去，正好像希特勒的在操演的军队的脚掌似的。

人们正想要说些什么，看到李寡妇戴着大帽子从屋里出来，大家就停止了，都把眼睛落到李寡妇的身上。她手里拿着一把黄香，身上背着一个黄布口袋。

“听说少爷来信了，倒是吗？”

“是的是的，没有多少日子，就要换防回来的……是的……亲手写的信来……我是到佛堂去烧香，是我应许下的，只要老佛保佑我那孩子有了信，从那天起，我就从那天三遍香烧着，一直到他回来……”

那大花狗仍照着它平常的习惯，一看到主人出街，它就跟上去，李寡妇一边骂着就走远了。

那班谈论的人，也都谈论一会各自回家了。

留下了大花狗自己在芭蕉叶下蹲着。

大花狗，李寡妇养了它十几年，李老头子活着的时候，和她吵架，她一生气坐在椅子上哭半天会一动不动的，大花狗就陪着她蹲在她的脚尖旁。她生病的时候，大花狗也不出屋，就在她旁边转着。她和邻居骂架时，大花狗就上去撕人家衣服。她夜里失眠时，大花狗摇着尾巴一直陪她到天明。

所以她爱这狗胜过于一切了，冬天给这狗做一张小棉被，夏天给它铺一张小凉席。

李寡妇的儿子随军出发了以后，她对这狗更是一时也不能离开的，她把这狗看成个什么都能了解的能懂人性的了。

有几次她听了前线上恶劣的消息，她竟拍着那大花狗哭了好几次，有的时候像枕头似的枕着那大花狗哭。

大花狗也实在惹人怜爱，卷着尾巴，虎头虎脑的，虽然它忧愁了。寂寞了，眼睛无光了，但这更显得它柔顺，显得它温和。所以每当晚饭以后，它挨着家是凡里院外院的人家，它都用嘴推开门进去拜访一次，有剩饭的给它，它就吃了，无有剩饭，它就在人家屋里绕了一个圈就静静的出来了。这狗流浪了半个月了，它到主人旁边，主人也不打它，也不骂它，只是什么也不表示，冷静的接待了它，而并不是按着一定的时候给东西吃，想起来就给它，忘记了也就算了。

大花狗落雨也在外边，刮风也在外边，李寡妇整天锁着门到东城门外的佛堂去。

有一天她的邻居告诉她：

“你的大花狗，昨夜在街上被别的狗咬了，腿流了血……”

“是的，是的，给它包扎包扎。”

“那狗实在可怜呢，满院子寻食……”邻人又说。

“唉，你没听在前线上呢，那真可怜……咱家里这一只狗算什么呢？”她忙着话没有说完，又背着黄布口袋上佛堂烧香去了。

等邻人第二次告诉她，说：

“你去看看你那狗吧！”

那时候大花狗已经躺在外院的大门口了，躺着动也不动。那只被咬伤了的前腿，晒在太阳下。

本来李寡妇一看了也多少引起些悲哀来，也就想喊人来花两角钱埋了它。但因为刚刚又收到儿子一封信，是广州退却时写的，看信上说儿子就该到家了。于是她逢人便讲，竟把花狗又忘记了。

这花狗一直在外院的门口，躺了三两天。

是凡经过的人都说这狗老死了，或是被咬死了。其实不是，它是被冷落死了。

创作日期不详，首刊于1939年8月5日《星岛日报·星座》（香港）第371号，署名萧红。

梧桐

张家老太太缝着一件小袄，越缝越懊丧。拿起水烟袋来抽烟了，一口烟还没有抽进去，她就骂起来：

"这是什么年头，这烟我没抽过，我活了这么大岁数，还跑到四川这地方……王八的。"

她拔出烟管来对着那烟管吹了一口：

"唾……好辣呀，我又喝了一口汤。"她把水烟袋一蹲就蹲在桌边上。

手里的纸火捻，可仍旧没有灭，她用手指甲一弹，巧妙的就把火弹灭了。

"这叫什么房子呢，没有见过，四面露天，冬天我看……这还没过八月节呢，我这寒腿就有点疼了，看冬天可怎么过，不饿死，也要冻死。"

张家老太太是从关外逃来的，逃到上海，逃到汉口，现在是逃到重庆的乡下来了。

她正在缝着的那件小袄，是清朝做的，团花裤缎面，古铜雨绸里，现在是旧了，破了。经过几次的洗染，那团花都起毛了。

她又缝了几针，她越缝越生气，眼睛也老花了，屋子又黑，手也哆嗦，若是线从针孔脱掉，她费了三五分钟也穿不起。因为这房子没有窗子，只有两个小天窗。下雨的时候，那天窗的玻璃，打得拍拉拍拉的响。

夜里她想着一些过去的事情，睡不熟时，翻转的就总听着玻璃上是落着雨点。因为已经是秋天了，四川一到秋天是天天下雨的。

还有门外的两棵梧桐，也总是欺骗着那老太太，总是像落雨似的滴答滴答的滴着夜里的露水。从高处树叶掉到低处树叶上的水滴，是拍拍的，水滴答滴在地上，扑扑的，简直和落雨一样。夜里她常常起来看看外边是否有东西在院子里，其实她是一半寂寞，一半对这雨声的厌烦而起来的。偏偏她起来推开门去看的那几次，又都是露水。

过了这一阴雨的天，冬天就来了，冬天仍旧是下着雨，而且那梧桐叶子也一片一片的落了。又像下雨一样，因为有风才能落叶，风一来那干枯的叶子彼此磕碰的声音，简直和下雨一样。那老太太，又睡不着了。她的思乡的情绪，因为异地的风雨，时时波动着她。

但是竟有这么一天，她从街上回来了，抱着她的孙儿，一开门她就说，“打胜仗了，就要打胜仗了。”她还没来得及说：这回可能回家了。

她的眼睛发亮了，她的心跳着，她说满街的茶馆都在闹嚷嚷的谈论。说苏联出兵了。

她的儿子告诉她：

“妈，没有的事，那是谣言。你老擦一擦头发上的雨吧。”

她想，怎么，下雨了吗？她伸手一摸，手就湿了。摸摸小孙儿，那小头顶也湿了。

她骂着：“王八蛋的……可不是真的吗！”

她推开房门，看一看那两丈多高的梧桐树，的确，这回不是露水或落叶，而是真真的雨点了。

七月廿四日

创作于1939年7月24日，首刊于1939年8月18日《星岛日报·星座》（香港）第375号，署名萧红。

莲花池

全屋子都是黄橙澄的。一夜之中那孩子醒了好几次，每天都是这样，他一睁开眼睛，屋子总是黄澄澄的，而爷爷就坐在那黄澄澄的灯光里。爷爷手里拿着一张破布，用那东西在裹着什么，裹得起劲的时候连胳臂都颤抖着，并且胡子也哆嗦起来。有的时候他手里拿一块放着白光的，有的时候是一块放着黄光的，也有小酒壶，也有小铜盆。有一次爷爷摩擦着一个长得可怕的大烟袋。这东西，小豆这孩子从来未见过，他夸张的想象着它和挑水的扁担一样长了。他们屋子的靠着门的那个角上，修着一个小地洞，爷爷在夜里有时爬进去，那洞上盖着一块方板，板上堆着柳条枝和别的柴草，因为锅灶就在柴堆的旁边。从地洞取出来的东西都不很大，都不好看，也一点没有用处，要玩也不好玩。戴在女人耳朵上的银耳环，别在老太太头上的方扁簪，铜蜡台，白洋铁香炉碗……可是爷爷却很喜欢这些东西，他半夜三更的擦着它们，往往还擦出声来，沙沙沙地，好像爷爷的手永远是一块大纱纸似的。

小豆糊里糊涂的睁开眼睛看了一下就又睡了。但这都是前半夜，而后半夜，就通通是黑的了，什么也没有了，什么也看不见了。

爷爷到底是去做什么，小豆并不知道这个。

那孩子翻了一个身或是错磨着他小小的牙齿，就又睡着了。

他的夜梦永久是荒凉的窄狭的，多少还有点害怕，他常常梦到白云在他头上飞，有一次还掠走了他的帽子。梦到过一个蝴蝶挂到一个蛛网上，那蛛网是悬在一个小黑洞里。梦到了一群孩子们要打他。梦到过一群狗在后面追着他。有一次他梦到爷爷进了那黑洞就不再出来了。那一次，他全身都出了汗，他的眼睛冒着绿色的火花，他张着嘴，几乎是断了气似的可怕的瘫在那里了。

永久是那样，一个梦接着一个梦，虽然他不愿意再做了，可是非做不可，就像他白天蹲在窗口里，虽然他不愿意蹲了，可是不能出去，就非蹲在那里不可。

湖边上那小莲花池，周围都长起来了小草，毛烘烘的，厚敦敦的，饱满得像是那小草之中浸了水似的。可是风来的时候，那草梢也会随着风卷动，风从南边来，它就一齐向北低了头。一会又顺着风一齐向南把头低下。油亮亮的，绿森森的，在它们来回摆着的时候，迎着太阳的方向，绿色就浅了，背着太阳的方向，绿色就深了。偶尔也可以看到那绿色的草里有一两棵小花，那小花朵受着草丛的拥挤是想站也站不住，想倒也倒不下。完全被青草包围了，完全跟着青草一齐倒来倒去。但看上去，那小花朵就顶在青草的头上似的。

那孩子想：这若伸手去摸摸有多么好呢。

但他知道他一步不能离开他的窗口，他一推开门出去，邻家的孩子就打他。他很瘦弱，很苍白，腿和手都没有邻家孩子那么粗。有一回出去了，围着房子散步了半天，本来他不打算往远处走。在那时候就有一个小黄蝴蝶飘飘的在他前边飞着，他觉得走上前去一两步就可以捉到它。那蝴蝶落在离他家一丈远的土堆上，落在离他家比那土堆更远一点的柳树根底下……又落在这儿，又落在那儿。都离得他很近，落在他的脚尖那里，又飞过他的头顶。可是总不让他捉住。他上火了，他生气了，同时也觉得害羞，他想这蝴蝶一定是在捉弄他。于是他脱下来了衣服，他光着背脊乱追着。一边追，一边小声的喊：

“你站住，你站住。”

这样不知扑了多少时候。他扯着衣裳的领子，把衣裳抡了出去，好像打渔的人撒网一样。可是那小黄蝴蝶越飞越高了。他仰着颈子看它，天空有无数太阳的针刺刺了他的眼睛，致使他看不见那蝴蝶了。他的眼睛翻花了，他的头晕转了一阵，他的腿软了，他觉得一点力量也没有了。

他想坐下来。房子和那小莲花池却在旋转，好像瓦盆窑里做瓦盆的人看到瓦盆在架子上旋转一样。就在这时候，黄蝴蝶早就不见了。至于他离开家门多远了呢，他回头一看，他家的敞开着的门口，变得黑洞洞的了，屋里边的什么也看不见了。他赶快往回跑，那些小流氓，那些坏东西，立刻反映在他的头脑里，邻居孩子打他的事情，他想起来了。他手里扯着扑蝴蝶时脱下来的衣裳，衣裳的襟飘在后边，他一跑起来它还可拉可拉的响。他一害怕，心脏就过度的跳，不但胸中觉得非常饱满，就连嘴里边也像含了东西。这东西塞满了他的嘴就和浸进水去的海绵似的。吞也吞不下去，可是也吐不出来。

就是扑蝴蝶的这一天，他又受了伤。邻家的孩子追上他来了，用棍子，用拳头，用脚打了他。他的腿和小狼的腿那么细。被打倒时在膝盖上擦破了很大的一张皮。那些孩子简直是一些小虎，简直是些疯狗，完全没有孩子样，完全是些黑沉沉的影子。他于是被压倒了，被埋没了。他的哭声他知道是没有用处，他昏迷了。

经过这一次，他就再不敢离开他的窗口了。虽然那莲花池边上还长着他看不清楚的富于幻想的漂渺的小花。

他一直在窗口蹲到黄昏以后，和一匹小猫似的，静穆，安闲，但多少带些无聊的蹲着。有一次他竟睡着了，从不大宽的窗台上滚下来了。他没有害怕，只觉得打断了一个很好的梦是不应该，他用手背揉一揉眼睛，而后睁开眼睛看一看，果然方才那是一个梦呢！自己始终是在屋子里面，而不像梦里那样，悠闲的溜荡在蓝色的天空下，而更不敢想是在莲花池边上了。他自己觉得仍旧落到空虚之中，眼前都是空虚的，冷清的，灰色的，伸出手去似乎什么也不会触到，眼睛看上去什么也看不到。空虚的也就是恐怖的，他又回到窗台上蹲着时，他往后缩一缩，把背脊紧紧的靠住窗框，一直靠到背脊骨有些发痛的时候。

小豆一天天的望着莲花池。莲花池里的莲花开了，开得和七月十五盂兰盆会所放的河灯那么红堂堂的了。那不大健康的小豆从未离开过他的窗口到池边去脚踏实地的去看过一次。只让那意想诱惑着他把那莲花池夸大了，相同一个小世界，相同一个小城。那里什么都有：蝴蝶、蜻蜓、蚱蜢……虫子们还笑着，唱着歌。草和花就像听着故事的孩子似的点着头。下雨时莲花叶扇抖得和许多大扇子似的。莲花池上就满都是这些大扇子了。那孩子说：

“爷爷你领我去看看那大莲花。……”

他说完了就靠着爷爷的腿，而后抱住爷爷的腿，同时轻轻地摇着。

“要看……那没什么好看的。爷爷明天领你去。”

爷爷总是夜里不在家，白天在家就睡觉。睡醒了就昏头昏脑的抽烟，从黄昏之前就抽起，接着开始烧晚饭。

爷爷的烟袋锅子咕噜咕噜的响，小豆伏在他膝盖上，听得那烟袋锅子更清晰了，懒洋洋的晒在太阳里的小猫似的。又摇了爷爷两下，他还是希望能去到莲花池。但他没有理他。空虚的悲哀很快的袭击了他。因为他自己觉得也没有理由一定坚持要去，内心又觉得非去不可。所以他悲哀了。他闭着眼睛，他的眼泪要从眼角流下来，鼻子又辣又痛，好像刚刚吃过了芥麻（即芥末）。他心里起了一阵憎恨那莲花池的感情：莲花池有什么好看的！一点也不想去看。他离开了爷爷的膝盖，在屋子里来回的好像小马驹撒欢儿似的跑了几趟。他的眼泪被自己欺骗着总算没有流下来。

他很瘦弱，他的眼球白的多黑的少。面色不大好，很容易高兴，也很容易悲哀。高兴时用他歪歪斜斜的小腿跳着舞，并且嘴里也像唱着歌。等他悲哀的时候，他的眼球一转也不转。他向来不哭，他自己想：哭什么呢，哭有什么用呢。但一哭起来，就像永远不会停止，哭声也很大，他故意把周围的什么都要震破似的。一哭起来常常是躺在地上滚着。爷爷呼止不住他，爷爷从来不打他。他一哭起来，爷爷就蹲在他的旁边，用手摸着他的头顶，或者用着腰带子的一端给他揩一揩汗，其余什么也不做，只有看着他。

他的父亲是木匠，在他三岁的时候，父亲就死了。母亲又过两年嫁了人。对于母亲离开他的印象，他模模糊糊的记得一点。母亲是跟了那个大胡子的王木匠走的，王木匠提着母亲的东西，还一拐一拐的，因为王木匠是个三条腿，除了两只真腿之外，还用木头给他自己做了一只假腿。他一想起来他就觉得好笑，为什么一个人还有一条腿不敢落地呢，还要用一个木头腿来帮忙。母亲那天是黄昏时候走的，她好像上街去买东西的一样，可是从那时就没有回过来。

小豆从那一夜起，就睡在祖父旁边了。这孩子没有独立的一张被子，跟父亲睡时就盖父亲的一个被，再跟母亲睡时，母亲就抱着他，这回跟祖父睡了，祖父的被子连他的头都蒙住了。

“你出汗吗？热吗？为什么不盖被呢？”

他刚搬到爷爷旁边那几天，爷爷半夜里总是问他。因为爷爷没有和孩子睡在一起的习惯，用被子整整的把他包住了。他因此不能够喘气，常常从被子里逃到一边，就光着身子睡。

这孩子睡在爷爷的被子里没有多久，爷爷就把整张的被子全部让给他。爷爷在夜里就不见了。他招呼了几声，听听没有回应，他也就盖着那张大被子开始自己单独的睡了。

从那时候起，爷爷就开始了他自己的职业，盗墓子去了。

银白色的夜。瓦灰色的夜。触着什么什么发响的夜。盗墓子的人背了斧子，刀子和必须的小麻绳，另外有几根皮鞭梢。而火柴在盗墓子的人是主宰他们的灵魂的东西。但带着火柴的这件事情，并没有多久，是从清朝开始，在那以前都是带着打火石。他们对于这一件事情很庄严，带着宗教感的崇高的情绪装配了这种随时可以发光的东西在他们身上。

盗墓子的人先打开了火柴盒，划着了一根，再划一很。划到三四根上，证明了这火柴是一些些儿也没有潮湿，每根每根都是保险会划着的。他开始放几棵在内衣的口袋里，还必须塞进帽边里几棵。塞完了还用手捻着，看看是否塞得坚实，是不是会半路脱掉的。

五月的一个夜里，那长胡子的老头，就是小豆的祖父，他在污黑的桌子边上放下了他的烟袋。他把火柴到处放着。还放在裤脚的腿带缝里几棵。把火柴头先插进去，而后用手向里推。他的手涨着不少的血管，他的眉毛像两条小刷子似的，他的一张方形的脸有的地方筋肉突起，有的地方凹下，他的白了一半的头发高丛丛的，从他的前额相同河岸上长着的密草似的直立着。可是他的影子落到墙上就只是个影子了，平滑的，黑灰色的，薄得和纸片似的，消灭了他生活的年代的尊严。不过那影子为着那耸高的头发和拖长的胡子，正好像《伊索寓言》里为山人在河下寻找斧子的大胡子河神。

前一刻那长烟管还丝丝拉拉的叫着。那红色的江石大烟袋嘴，刚一离那老头厚厚的嘴唇，一会工夫就不响了，烟袋锅子也不冒烟了。和睡在炕上的小豆一样，烟袋是睡在桌子边上了。

火柴不但能够点灯，能够吸烟，能够燃起炉灶来，能够在山林里驱走了狼。传说上还能够赶鬼。盗墓子的人他不说带着火柴是为了赶鬼（因为他们怕鬼，所以不那么说）。他说在忌日，就是他们从师父那里学来的，好比信佛教的人吃素一样。他们也有他们的忌日，好比下九和二十三。在这样的日子上若是他们身上不带着发火器具，鬼就追随着他们跟到家里来，和他们的儿孙生活在一起。传说上有一个女鬼，头上带着五把钢叉，就在这忌日的夜晚出来巡行，走一步拔下钢叉来丢一把，一直丢到最末的一把。若是从死人那里回来的人遇到她，她就要叉死那个人。唯有身上带着会发火的东西的，她则不敢。从前多少年代盗墓子的人是带着打火石的，这火石是他们的师父一边念着咒语而传给他们的。他们记得很清晰，师父说过："人是有眼睛的，鬼是没有眼睛的，要给他一个亮，顺着这亮他就走自己的路了。”然而他们不能够打着灯笼。

还必须带着几根皮鞭梢，这是做什么用的，他们自己也没有用过。把皮鞭梢挂在腰带上的右手边，准备用得着它时，方便得随手可以抽下来。但成了装饰品了，都磨得油滑滑的，腻得污黑了。传说上就是那带着五把钢叉的女鬼被一个骑马的人用马鞭子的鞭梢勒住过一次。

小豆的爷爷挂起皮鞭梢来，就走出去。在月光里那不甚亮的小板门，在外边他扣起来铁门环。那铁门环过于粗大，过于笨重，它规规矩矩的蹲在门上。那房子里想像不到还有一个七八岁的孩子睡在里边。

夜里爷爷不在家，白天他也多半不在家。他拿着从死人那里得来的东西到镇上去卖。在旧货商人那里为了争着价钱常常是回来得很晚的。

“爷爷！”小豆看着爷爷从四五丈远的地方回来了，他向那方向招呼着。

老头走到他的旁边，摸着他的头顶。就像带着一匹小狗一样他把孙子带到屋子里。一进门小豆就单调的喊着，他虽然坐在窗口等等一下午爷爷才回来，他还是照样的高兴。

“爷爷，这大绿豆青……这大蚂蚱……是从窗洞进来的……”他说着就跳上炕去，破窗框上的纸被他的小手一片一片的撕下来。“这不是，就从这儿跳进来的……我就用这手心一扣就扣住它啦。”他凭空在窗台上扣了一下。“它还跳呢，看吧，这么跳……”

爷爷没有理他。他仍旧问着：

“是不是，爷爷……是不是大绿豆青……”

“是不是这蚂蚱吃的肚子太大了，跳不快，一抓就抓住……”

“爷爷你看，它在我左手上一跳会跳到右手上，还会跳回来。”

“爷爷看哪，爷爷看……爷爷。”

“爷……”

最末后他看出来爷爷早就不理他了。

爷爷坐在离他很远的灶门口的木樽上，满头都是汗珠，手里揉擦着那柔软的帽头。

爷爷的鞋底踏住了一根草棍，还咕噜咕噜的在脚心下滚着。他爷爷的眼睛静静地看着那草棍所打起来的土灰，关于跳在他眼前的绿豆青蚂蚱，他连理也没有理。到太阳落他也不拿起他的老菜刀来劈柴，好像连晚饭都不吃了。窗口照进来的夕阳从白色变成了黄色。再变成金黄，而后简直就是金红的了。爷爷的头并不在这阳光里，只是两只手伸进阳光里去。并且在红澄澄的红得像混着金粉似的光辉里把他的两手翻洗着。太阳一刻一刻的沉下去了，那块红光在墙壁上拉长了，扯歪了，爷爷的手的黑影也随着长了，歪了，慢慢的不成形了，那怪样子的手指长得比手掌还要长了好几倍，爷爷的手指有一尺多长了。

小豆远远的看着爷爷。他坐在东窗的窗口。绿豆青色的大蚂蚱紧紧的握在手心里，像握着几根草杆似的稍稍还刺痒着他的手心。前一刻那么热烈的情绪，那么富于幻想，他打算从湖边上一看到爷爷的影子他就躲在门后，爷爷进屋时他大叫一声，同时跑出来。跟着把大绿豆青放出来。最好是能放在爷爷的胡子上，让那蚂蚱咬爷爷的嘴唇。他想到这里欢喜得把自己都感动了，为着这奇迹他要笑出眼泪来了，他抑止不住的用小手揉着他自己发酸的鼻头。可是现在他静静的望着那红窗影，望着太阳消逝得那么快，它在面前走过去的一样。红色的影子渐渐缩短，缩短，而最后的那一条条，消逝得更快，好比用揩布一下子就把它揩抹了去了。

爷爷一声也不咳嗽，一点要站起来活动的意思也没有。

天色从黄昏渐渐变到昏黑。小豆感到爷爷的模样也随着天色可怕起来，像一只蹲着的老虎，像一个瞎话里的大魔鬼。

"小豆。"爷爷忽然在那边叫了他一声。

这声音把他吓得跳了一下，因为他很久很久的不知不觉的思想集中在想着一些什么。他放下了大蚂蚱，他回应了一声：

"爷爷！"

那声音在他的前边已经跑到爷爷的身边去，而后他才离开了窗台。同时顽皮的用手拍了一下大蚂蚱的后腿，使它自动的跳开去。他才慢斯斯的一边回头看那蚂蚱一边走转向了祖父的面前去。

这孩子本来是一向不热情的，脸色永久是苍白的，笑的时节只露出两颗小牙齿，哭的时节，眼泪也并不怎样多，走路和小老人一样。虽然方才他兴奋了一阵，但现在他仍旧回复了原样。一步一步的斯斯稳稳的向着祖父那边走过去。

祖父拉了他一把，那苍白的小脸什么也没有表示的望着祖父的眼睛看了一下。他一点也想不到会有什么变化会发生。从他有了记忆那天起，他们的小房里没有来过一个生人，没有发生过一件新鲜事。甚至于连一顶新的帽子也没有买过。炕上的那张席子原来可是新的，现在已有了个大洞。但那已经记不得是什么时候开始破的，就像是一开破就破了这么大一个洞，还有房顶空的蛛丝，连那蛛丝上挂的尘土也没有多，也没有少，其中长的蛛丝长得和湖边上倒垂的柳丝似的有十多挂，那短的罗罗索索的在胶糊着墙角。这一切都是有这个房子就有这些东西，什么也没有变更过，什么也没有多过，什么也没有少过。这一切都是从存在那一天起便是今天这个老样子。家里没有请过客人，吃饭的时候桌上永久是摆着两双筷子。屋子里是凡有一些些声音就没有不是单调的。总之是单调惯了，很难说他们的生活过得单调不单调，或寂寞不寂寞，说话的声音反应在墙上而后那回响也是清清朗朗的，譬如爷爷喊着小豆，在小豆没有答应之前，他自己就先听到了自己音波的共震。在他烧饭时偶尔把铁勺子掉到锅底上去，那响声会把小豆震得好像睡觉时做了一个恶梦那样的跳起。可见他家只站着四座墙了。也可见他家屋子是很大的，本来儿子活着时这屋子住着一家五个人的。墙上仍旧挂着那从前装过很多筷子的筷子笼，现在虽然变样了，但仍旧挂着。因为早就不用了，那筷子笼发霉了，几乎看不出来那是用柳条编的或是用的藤子，因为被油烟和尘土的粘腻已经变得绒毛毛的黑绿色的海藻似的了。但那里边依然装着一大把旧时用过的筷子。筷子已经脏得不像样子，看不出来那还是筷子了。但总算没有动过气，让一年接一年的跟着过去。

连爷爷的胡子也一向就那么长，也一向就那么密重重的一堆。到现在仍旧是密得好像用人工栽上去的一样。

小豆抬起手来，触了一下爷爷的胡子梢，爷爷也就温柔的用胡子梢触了一下小豆头顶心的缨缨发。他想爷爷张嘴了，爷爷说什么话了吧，可是不然，爷爷只把嘴唇上下的吻合着吮了一下。小豆似乎听到爷爷在咂舌了。

有什么变更了呢，小豆连想也不往这边想。他没看到过什么变更过，祖父夜里出去和白天睡，还照着老样子，他自己蹲在窗台上，一天蹲到晚，也是一惯的老样子。变更了什么，到底是变更了什么？那孩子关于这个连一些些儿预感也没有。

爷爷招呼他来，并不吩咐他什么。他对于这个，他完全习惯的，他不能明白的，他从来也不问。他不懂得的就让他不懂得。他能够看见的，他就看，看不见的也就算了，比方他总想去到那莲花池，他为着这个也是很久很久的和别的一般的孩子的脾气似的，对于他要求的达不到目的就放不下。但最后不去也就算了。他的问题都是在没提出之前在他自己心里搅闹得很不舒服，一提出来之后，也就马马虎虎的算了。他多半猜得到他要求的事情就没有一件成功的。所以关于爷爷招呼他来并不吩咐他这事，他并不去追问。他自己悠闲的闪着他不大明亮的小眼睛在四外的看着，他看到了墙上爬着一个多脚虫，还爬得萨拉萨拉的响。

他一仰头又看到个小黑蜘蛛缀在它自己的网上。

天就要全黑，窗外的蓝天，开初是蓝得明蓝，透蓝。再就是蓝得蓝缎子似的，显出天空有无限的深远。而现在这一刻，天气宁静了，像要凝结了似的，蓝得黑乎乎的了。

爷爷把他的手骨节一个一个的捏过，发出了脆骨折断了似的响声。爷爷仍旧什么也不说，只把头仰起看一看房顶空，小豆也跟着看了看。

那蜘蛛沉重得和一块饱满的铅锤似的，时时有从网上掉落下来的可能。和蛛网平行的是一条房梁上挂下来的绳头，模糊中还看得出绳头还结着一个圈。同时还有墙角上的木格子，那木格子上从前摆着斧子摆着墨斗，墨尺和墨线……那是儿子做木匠时亲手做起来的。老头子忽然想起了他死去的儿子，那不是他学徒满期回来的第二天就开头做了个木格子吗？他不是说做手艺人，家伙要紧，怕是耗子给他咬了才做了这木格子。他想起了房梁上那垂着的绳子也是儿子结的。五月初一媳妇出去采了一大堆艾蒿，儿子亲手把它挂在房梁上，想起来这事情都在眼前，像是还可以嗅到那艾蒿的气味。可是房梁上的绳子却污黑了，好像生了锈的沉重的锁链，垂在那里哀慕的一动也不动。老头子又看了那绳头子一眼，他的心脏立刻翻了一个面，脸开始发烧，接着就冒凉风。儿子死去也三四年了，从来没有像今天这样捉心的难过。

从前他自信，他有把握，他想他拼掉了自己最后的力量，孙儿是不会饿死的。只要爷爷多活几年，孙儿是不会饿死的。媳妇再嫁了，他想那也好的，年青的人，让她也过这样的日子有什么意思，缺柴少米，家里又没有人手。但这都是他过去的想头，现在一切都悬了空。此后怎么能吃饭呢，他不知道了。孙儿到底是能够眼看着他长大或是不能，他都不能十分确定，一些过去的感伤的场面，一段连着一段，他的思路和海上遇了风那翻花的波浪似的。从前无管怎样忧愁时也没有这样困疲过他的，现在来了。他昏迷，他心跳，他的血管暴涨，他的耳朵发热，他的喉咙发干。他摸自己的两手的骨节，那骨节又开始噼拍的发响。他觉得这骨节也像变大了，变得突出而讨厌了。他要站起来走动一下，摆脱了这一切。但像有什么东西锤着他使他站不起来。

“这是干么？”

在他痛苦得不能支持，不能再任着那回想折磨下去时，他自己叫了这一个口号，同时站起身来。

“小豆，醒醒，爷爷煮绿豆粥给你吃。”他想借着和孩子的谈话把自己平伏一下，“小豆，快别迷迷糊糊的……看跌倒了……你的大蝴蝶飞了没有？”

"爷爷，你说错啦，那里是大蝴蝶，是大蚂蚱。"小豆离开了爷爷的膝盖，努力睁开眼睛。抬起腿来就想要跑，想把那大绿豆青拿给爷爷看看。

原来爷爷连看也没有看那大绿豆青一眼，所以把蚂蚱当作蝴蝶了。他伸出手去拉住了要跑开的小豆。

"吃了饭爷爷再看。"

他伸手在自己的腰怀里取出一个小包包来，正在他取出来时，那纸包被撕破而漏了，扑拉拉的往地上落着豆粒。跟着绿豆的滚落，小豆就伏下身去，在地上拾着绿豆粒。那小手掌连掌心都和地上的灰土扣得伏贴贴的。地上好像有无数滚圆的小石子。那孩子一边拾着还一边玩着，他用手心按住许多豆粒在地上咕噜着。

爷爷看了这样的情景，心上来了一阵激动的欢喜：

"这孩子怎样能够饿死，知道吃的中用了。"

爷爷心上又来了一阵酸楚，他想到这可怜的孩子，他父亲死的时候，他才刚刚会走路，虽然那时他已四岁了，但因身体特别衰弱，外边若多少下一点雨，只怕几步路也要背在爷爷的背上。三天或五日就要生一次病。看他病的样子，实在可怜，他不哼，不叫，也不吃东西，也不要什么，只是隔了一会工夫便叫一声"爷"。问他要水吗？

"不要。"

要吃的吗？

“不要。”

眼睛半开不开的又昏昏沉沉的睡了。

睡了三五天，起来了，好了。看见什么都表示欢喜。可是过不几天就又病了。

“病没有病死，还能饿死吗？”为了这个，晚上熄了灯之后，爷爷还是烦扰着。

过去的事情又一件一件的向他涌来，他想媳妇出嫁的那天晚上，那个开着盖的描金柜……媳妇临出门时的那哭声。在他回想起来，比在当时还感动了他。他自己也奇怪，都是些过去的，想他干么。但接着又想到他死去的儿子。

一切房里的和外边的都黑掉了，莲花池也黑沉沉的看不见了，消磨得用手去摸也摸不到，用脚去踏也踏下到似的。莲花池也和那些平凡的大地一般平凡。

大绿豆青蚂蚱也早被孩子忘记了。那孩子睡得很平稳。和一条卷着的小虫似的了。

但醒在他旁边的爷爷，从小豆的鼻孔里隔一会可以听到一声受了什么委屈似的叹息。

老头子从儿子死了之后，他就开始偷盗死人。这职业起初他不愿意干，不肯干。他想也袭用着儿子的斧子和锯，也去做一个木匠。他还可笑的在家里练习了三两天，但是毫无成绩。他利用了一块厚板片，做了一个小方凳，但那是多么滑稽，四条腿一个比一个短。他想这也没有关系，用锯锯齐了就是了。在他锯时那锯齿无论怎样也不合用，锯了半天，把凳腿都锯乱了，可是还没有锯下来。更出乎他意料之外的，他眼看着他自己做的凳开始被锯得散花了。他知道木匠是当不成了，所以把儿子的家具该卖掉的都卖掉了。还有几样东西，他就用来盗墓子了。

从死人那里得来的，顶值钱的他盗得一对银杯，两副银耳环，一副带大头的，一副光圈。还有一个包金的戒指。还有铜水烟袋一个，锡花瓶一个，银扁簪一个，其余都是些不值钱的东西，衣裳鞋帽，或是陪葬的小花玻璃杯，铜方孔钱之类。还有铜烟袋嘴，铜烟袋锅，檀香木的大扇子，也都是不值钱的东西。

夜里他出去挖掘，白天便到小镇上旧货商人那里去兜卖。从日本人一来，他的货色常常被日本人扣劫，昨天晚上就是被检查了回来的。白天有日本宪兵把守着从村子到镇上的去路，夜里有侦探穿着便衣在镇上走着，行路随时都要被检查。问那老头怀里是什么东西，那东西从哪里来的。他说不出是从哪里来的了。问他什么职业，他说不出他是什么职业。他的东西被没收了两三次，他并没有害怕，昨天他在街上看到了一大队中国人被日本人拉去当兵。又听说没有职业的人，日本人都要拉的。

旧货商人告诉他，若想不让拉去当兵，那就赶快顺了日本人。他若愿意顺了日本，那旧货商人就带着他去。昨天就把他送到了一个地方，也见过了日本人。

为着这个事，昨天晚上，他通夜没有睡，因为是盗墓子的人，夜里工作惯了，所以今天一起来精神并不特别坏，他又下到小地窖里去。他出来时，脸上划着一条一条的灰尘。

小豆站在墙角上静静的看着爷爷。

那老头把几张小铜片塞在帽头的顶上，把一些碎铁钉包在腰带头上，苍苍惶惶的拿着一条针在缝着，而后不知把什么发亮的小片片放在手心恍了几下。小豆没有看清楚这东西到底是放在什么地方。爷爷简直像变戏法一样神秘了。一根银牙签捏了半天才插进袖边里去。他一抬头看见小豆溜圆的眼睛和小钉子似的盯着他。

“你看什么，你看爷爷吗？”

小豆没敢答言，兜着小嘴羞惭惭的回过头去了。

爷爷也红了脸，推开了独板门，又到旧货商人那里去了。

有这么一天，爷爷忽然喊着小豆，那喊声非常平静，平静到了哑的地步。

“孩于，来吧，跟爷爷去。……”

他用手指尖搔着小豆头顶上的那座毛毛发，搔了半天工夫。

那天他给孩子穿上那双青竹布的夹鞋。鞋后跟上钉着一条窄小的分带。祖父低下头去，用着粗大的呼吸给孙儿结了起来。

“爷爷，去看莲花池？”小豆和小绵羊似的站到爷爷的旁边。

“走吧，跟爷爷去……”

这一天爷爷并不带上他的刀子剪子，并不像夜里出去的那样。也不走进小地窖去，也不去找他那些铜片和碎铁。只听爷爷说了好几次：

“走吧，跟爷爷去。……”

跟爷爷到哪里去呢？小豆也就不问了，他一条小绵羊似的站到爷爷的旁边。

“就只这一回了，就再不去了……”

爷爷自己说着这样的话，小豆听着没有什么意思。或者是带他去看外祖母吗？或者是去看姑母吗？或者去进庙会吗？小豆根本就不往这边想，他没有出门去看过一位亲戚，在他小的时候，外祖母是到他家里来看过他的，那时他还不记事，所以他不知道。镇上赶集的日子，他没有去过。正月十五看花灯，他没看过。八月节他连月饼都没有吃过。那好吃的东西，他认识都不认识。他没有见过的东西非常多，等一会走到小镇上，爷爷买给他粽子时，他就不晓得怎样剥开吃。他没有看过驴皮影，他没看过社戏。这回他将到哪里去呢？将看到一些什么，他无法想像了，他只打算跟着就走。越快越好，立刻就出发他更满意。

他觉得爷爷那是麻烦得很，给他穿上这个，穿上那个，还要给他戴一顶大帽子，说是怕太阳晒着头，那帽子太大了，爷爷还教给他，说风来时，就用手先去拉住帽沿。给他洗了脸，又给他洗了手，洗脸时他才看到孙子的颈子是那么黑了，面巾打上去，立刻就起了和菜棵上黑包的一堆一堆的腻虫似的泥滚。正在擦着耳朵，耳洞里就掉出一些白色的碎沫来。看看手指甲也像鸟爪那么长了。爷爷还想给剪一剪，因为找剪刀而没有找到，他想从街上回来再好好的连头也得剪一剪。

小豆等得实在不耐烦了，爷爷找不到剪刀，他就嚷嚷着：

“爷爷，你不是前天把剪子和……和……把剪子撇到腰带里出去的吗？”

老头子感到很大的羞辱，立刻红了脸。他想：这孩子可怎么看见的呢？我一切不都是背着他吗？于是他招呼着：

“走吧！”

他们就出了门。

天是晴的，耀眼的。空气发散着从野草里边蒸腾出来的甜味。地平线的四边都是绿色，绿得那么新鲜，碎绿，湛绿，油亮亮的绿。地平线边沿上的绿，绿得冒烟了，绿得是那边下着小雨似的。而近处，就在半里路之内，都绿得完全像玻璃。

好像有什么在迷了小豆的眼睛，对于这样大的太阳，他昏花了，这样清楚的天气，他想要看的什么都看不清了。比方那幻想了好久的莲花池，就一时找不到了。他好像土播鼠被带到太阳下那样瞎了自己的眼睛。小豆实在是个小土播鼠，他不但眼睛花，而腿也站不住，就像他只配永久蹲在土洞里。

“小豆，小豆。”爷爷在后边喊他。

“裤子露屁股了，快回去，换上再来。”爷爷已经转回身去向着家的方面。等他想起小豆只有一条裤子，他就又同孩子一同往前走了。

镇上是赶集的日子，爷爷就是带着孙儿来看看热闹，同时一会就有钱了，可以给他买点什么。

“小豆要买什么，什么他喜欢，带他自己来，让他选一选。”祖父一边走着一边想着。可是必得扯几尺布，做一条裤子给他。

绕过了莲花湖，顺着那条从湖边延展开去的小道，他们向前走去。现在小豆的眼睛也不花了，腿也充满了力量。那孩子在蓝色的天空里好像是唱着优美的歌似的。他一路走一路向着草地给草起了各种的名字，他周围的一切在他看来，也都是喧闹的带着各种的声息在等候他的呼应。由于他心脏比平时加快的跳跃，他的嘴唇也像一朵小花似的微微在他脸上突起了一点，还变了一点淡红色。他随处弯着腰，随处把小手指抚压到各种野草上。刚一开头时，他是选他喜欢的小花把它摘在手里。开初都是些颜色鲜明的，到后来他就越摘越多，无管什么大的小的黄的紫的或白的……就连野生的大麻果的小黄花，他也摘在手里，可是这条小路是很短的。一走出了小路就是一条黄色飞着灰尘的街道。

“爷爷到哪儿去呢？”小豆抬起他苍白的小脸。

“跟着爷爷走吧。”

往下他也就不问了，好像一条小狗似的跌在爷爷的后边。

市镇的声音，闹嚷嚷，在五百步外听到人声哄哄得就有些震耳了。祖父心情是烦忧的而也是宁静的。他把他自己沉在一种庄严的喜悦里，他对于孙儿这是第一次想要花费，想要开销一笔钱。他的心上时时活动着一种温暖，很快的这温暖变成了一种体贴，当他看到小豆今天格外快活的样子，他幸福的从眼梢上开启着微笑。小豆的不大健康可爱的小腿，一跳一跳的做出伶俐的姿态来。爷爷几次想要跟他说几句话，但是为了内心的喜爱，他张不开嘴，他不愿意凭空的惊动了那可爱的小羊。等小豆真正的走到市镇上来，小镇的两旁，都是些卖吃食东西的，红山楂片，压得扁扁的墨枣，香色的橄榄。再过去也是卖吃食东西的，在小豆看来这小镇上，全都是可吃的了。他并没有向爷爷要什么，也不表示他对这吃的很留意，他表面上很平淡的样子就在人缝里往前挤，但心里头，或是嘴里边，随时感到一种例外的从来所未有的感觉。尤其是那卖酸梅汤的，敲着铜茶托发出来那清凉的声音。他越听那声音越凉快，虽然不能够端起一碗来就喝下去，但总觉得一看就凉快。可是他又不好意思停下来多看一会，因为平常没有这习惯，他一刻也不敢单独的随心所欲的在那里多停一刻，他总怕有人要打他。但这是在市镇上并非在家里，这里的人多得很，怎能够有人打他呢？这个连他自己也不想得十分彻底，是一种下意识的存在。所以紧跟着爷爷，走到人多的地方，他竟伸出手来拉着爷爷。卖豌豆的，卖大圆白菜的，卖青辣椒的……这些他都没有看见。有一个女人举着一个长杆，杆子头上挂着各种颜色的绵线。小豆竟被这绵线挂住了颈子。他神经质的十分恐怖的喊了一声，爷爷把线从他颈子上取下来，他看到孙儿的眼睛里呈现着一种清明的可爱的过于怜人的景色。于是小豆听到了爷爷的嘴里吐出来一种带香味的声音：

“你要吃点什么吗？这粽子，你喜欢吗？”

小豆不知道那是什么东西，也许五六年前他父亲活着时他吃过，那早就忘掉了。

爷爷从那瓦盆里提出来一个，是三角的，或者是六角的，总之在小豆看着这生疏的东西，带着很多尖尖。爷爷问他，指着瓦盆子旁边在翻开着的锅。

“你要吃热的吗？”

小豆忘了，那时候是点点头，还是摇摇头。总之他手里已经提着一个尖尖的小玩艺了。

爷爷想要买的东西，都不能买，反正一会回来买，所以他带的钱只有几个铜板，但是他并不觉得怎样少，他很自满地向前走着。

小豆的裤子正在屁股上破了一大块，他每向前抬一下腿，那屁股就有一块微黄色的皮肤透露了一下。这更使祖父对他起着怜借。

“这孩子，和三月的小葱似的，只要沾着一点点雨水就马上会肥起来的……”一想到这里，他就快走了几步，因为过了这市镇前边是他取钱的地方。

小豆提着粽子还没有打开吃。虽然他在卖粽子的地方，看过了别人都是剥了皮吃的，但他到底不能确定，不剥皮是否也可以吃。最后他用牙齿撕破了一个大角，他吃着，吸着，还用两只手来帮着忙开始吃了。

他那采了满手的野花丢在市镇上被几百几十的人踏着，而他和爷爷走出市镇了。

走了很多弯路，爷爷把他带到一个好像小兵营的门口。

孩子四外看一看，想不出这是什么地方。门口站着穿大靴子的兵士，头上戴着好像小铁盆似的帽子。他想问爷爷：这是日本兵吗？因为爷爷推着他，让他在前边走，他也就算了。

日本兵刚来到镇上时，小豆常听舅父说“汉奸”，他不大明白，不大知道舅父所说的是什么话。可是日本兵的样子和舅父所说的一点也不差，他一看了就害怕。但因为爷爷推着他往前走，他也就进去了。

正是里边吃午饭的时候，日本人也给了他一个饭盒子，他胆怯的站在门边把那一尺来长三寸多宽的盒子接在手里，爷爷替他打开了，白饭上还有两片火腿这东西，油亮亮的特别香。他从来没见过。因为爷爷也吃，他也就把饭吃完了。

他想问爷爷，这是在什么地方，在人多的地方，他更不敢说话，所以也就算了。但这地方总不大对，过了不大一会工夫，那边来一个不戴铁帽子也不穿大靴子的平常人把爷爷招呼着走了。他立时就跟上去，但是被门岗挡住了。他喊：

“爷爷，爷爷。”他的小头盖上冒了汗珠，好像喊着救命似的那么喊着。

等他也跟着走上了审堂时，他就站在爷爷的背后，还用手在后边紧紧的勾住爷爷的腰带。

这间房子的墙上挂着马鞭，挂着木棍，还有绳子和长杆，还有皮条。地当心还架着两根木头架子，和秋千架子似的环着两个大铁环，环子上系着用来把牛缚在犁杖上那么粗的大绳子。

他听爷爷说“中国”又说“日本”。

问爷爷的人一边还拍着桌子。他看出来爷爷也有点害怕的样子，他就在后边拉着爷爷的腰带。他说：

“爷爷，回家吧。”

“回什么家，小混蛋，他妈的，你家在那里。”那拍桌子的人就向他拍了一下。

正是这时候，从门口推进大厅来一个和爷爷差不多的老头，戴铁帽子的腰上挂着小刀子的（即刺刀），还有些穿着平常人的衣裳的。这一群都推着那个老头，老头一边叫着就一边被那些人用绳子吊了上去，就吊在那木头架子上。那老头的脚一边打着旋转，一边就停在空中了。小豆眼看着日本兵从墙上摘下了鞭子。

那孩子并没有听到爷爷说了什么，他好像从舅父那里听来的，中国人到日本人家里就是“汉奸”。于是他喊着：

“汉奸，汉奸……爷爷回家吧……”

说着躺在地上就大哭起来。因为他拉爷爷，爷爷不动的缘故，他又发了他大哭的脾气。

还没等爷爷回过头来，小豆被日本兵一脚踢到一丈多远的墙根上去，嘴和鼻子立刻流了血，和被损害了的小猫似的，不能证明他还在呼吸或没有，可是喊叫的声音一点也没有了。

爷爷站起来，就要去抱他的孙儿。

“混蛋，不能动，你绝不是好东西。……”

审问的中国人变了脸色的缘故，脸上的阴影，特别的黑了起来，从鼻子的另一面全然变成铁青了。而后说着日本话，那老头虽然听了许多天了也一句不懂。只听说“带斯内……带斯内……”日本兵就到墙上去摘鞭子。

那边悬起来的那个人，已开始用鞭子打了。

小豆的爷爷也同样的昏了过去。他的全身没有一点痛的地方。他发了一阵热，又发了一阵冷，就达到了这样一种沉沉静静的境地。一秒钟以前那难以忍受的火刺刺的感觉，完全消逝了，只这么快就忘得干干净净。孩儿怎样了，死了还是活着，他不能记起，他好像走到了另一个世界，没有痛苦，没有恐怖，没有变动，是一种永恒的。这样他不知过了多久，像海边的岩石他不能被世界晓得它是睡在波浪上多久一样。

他刚一明白了过来，全身疲乏得好像刚刚到远处去旅行了一次，口渴，想睡觉，想伸一伸腰。但不知为什么伸不开，想睁开眼睛看一看，但也睁不开。他站了好几次，也站不起来。等他的眼睛可能看到他的孙儿，他向着他的方向爬去了。他一点没有怀疑他的孙儿是死了还是活着，他抱起他来，他把孙儿软条条的横在爷爷的膝盖上。

这景况和他昏迷过去的那景况完全不同，挂起来的那老头没有了，那一些周围的沉沉的面孔也都没有了，屋子里安静得连尘土都在他的眼前飞，光线一条条的从窗橱跌进来，尘土在光线里边变得白花花的。他的耳朵里边，起着幽幽的鸣叫。鸣叫声似乎离得很远，又似乎听也听不见了。一切是静的，静得使他想要回忆点什么也不可能。若不是厅堂外那些日本兵的大靴子叮当的响，他真的不能分辨他是处在什么地方了。

孙儿因为病没有病死，还能够让他饿死吗？来时经过那小市镇，祖父是这样想着打算回来时，一定要扯几尺布给他先做一条裤子。

现在小豆和爷爷从那来时走过的市镇上回来了。小豆的鞋子和一棵硬壳似的为着一根带子的连系尚且挂在那细小的腿上，他的屁股露在爷爷的手上。嘴和鼻子上的血尚且没有揩。爷爷的膝盖每向前走一步那孩子的胳臂和腿也跟着游荡一下。祖父把孩子拖长的摊展在他的两手上。仿佛在端着什么液体的可以流走的东西，时时在担心他会自然的掉落，可见那孩子绵软到什么程度了。简直和面条一样了。

祖父第一个感觉知道孙儿还活着的时候，那是回到家里，已经摆在炕上，他用手掌贴住了孩子的心窝，那心窝是热的，是跳的，比别的身上其余的部分带着活的意思。

这孩子若是死了好像是应该的，活着使祖父反而把眼睛瞪圆了。他望着房顶，他捏着自己的胡子，他和白痴似的，完全像个呆子了。他怎样也想不明白。

“这孩子还活着吗？唉呀，还有气吗？”

他又伸出手来，触到了那是热的，并且在跳，他稍微用一点力，那跳就加速了。

他怕他活转来似的，用一种格外沉重的忌恨的眼光看住他。

直到小豆的嘴唇自动地张合了几下，他才承认孙儿是活了。

他感谢天，感谢佛爷，感谢神鬼。他伏在孙儿的耳朵上，他把嘴压住了那还在冰凉的耳朵。

“小豆小豆小豆小豆小……”

他一连串和珠子落了般地叫着孙儿。

那孩子并不能答应。只像苍蝇咬了他的耳朵一下似的使他轻轻地动弹一下。

他又连着串叫：

“小豆，看看爷爷，看……看爷一眼。”

小豆刚把眼睛睁开一道缝，爷爷立刻扑了过去。

“爷……”那孩子很小的声音叫了一声。

这声音多么乖巧，多么顺从，多么柔软。它打动了爷爷的心窝了。爷爷的眼泪经过了胡子往下滚，没有声音的，和一个老牛哭了的时候一样。

并且爷爷的眼睛特别大，两张小窗户似的。通过了那玻璃般的眼泪而能看得很深远。

那孩子若看到了爷爷这样大的眼睛，一定害怕而要哭起来的。但他只把眼开了个缝而又平平坦坦的昏昏沉沉的睡了。

他是活着的，那小嘴，那小眼睛，小鼻子……

爷爷的血流又开始为着孙儿而活跃。他想起来了，应该把那嘴上的血揩掉，应该放一张凉水浸过的手巾在孙儿的头上。

他开始忙着这个，他心里是有计划的，而他做起来还颠三倒四，他找不到他自己的水缸，他似乎不认识他已经取在水盆里的是水。他对什么都加以思量的样子，他对什么都像是犹疑不决。他的举动说明着他是个多心的十分有规律的做一件事的人。其实，他都不是，而且正相反，他是为了过度的喜欢使他把周围的一切都掩没了，都看不见了，而也看不清，他失掉了记忆。恍恍惚惚的他自己也不知道他自己是怎么着了。

可笑的，他的手里拿着水盆还在四面的找水盆。

他从小地窖里取出一点碎布片来，那是他盗墓子时拾得的死人的零碎的衣裳。他点了一把火，在灶口把它烧成了灰。把灰拾起来放在饭碗里，再浇上一点冷水，而后用手指捏着摊放在小豆的心口上。

传说这样可以救命。

左近一切人家都睡了的时候，祖父仍在小灶腔里燃着火，仍旧煮绿豆汤……

他把木板碗橱拆开来烧火，他举起斧子来。听到炕上有哼声他就把斧子抬得很高很高的举着而不落。

“他不能死吧？”他想。

斧子的响声脆快得很，一声声的在劈着黑沉沉的夜。

“爷……”

里边的孩子又叫了爷爷一声。

爷爷走进去，低低的答应着。

过一会又喊着，爷爷又走进去低低的答应着，接着他就翻了个身喊了一声，那声音是急促的，微弱的。接着又喊了几声，那声音越来越弱。声音松散的，几乎听不出来喊的是爷爷。不过在爷爷听来就是喊着他了。

鸡鸣是报晓了。

莲花池的小虫子们仍旧唧唧的叫着……间或有青蛙叫了一阵。

无定向的，天边上打着露水闪。

那孩子的性命，谁知道会继续下去，还是会断绝的。

露水闪不十分明亮，但天上的云也被它分得远近和种种的层次来，而那莲花池上小豆所最喜欢的大绿豆青蚂蚱，也一闪一闪的在闪光里出现在莲花叶上。

小豆死了。……

爷爷以为他是死了，不呼吸了，也不叫，……没有哼声，不睁眼睛，一动也不动。

爷爷劈柴的斧子，在门外举起来而落不下去了。他把斧子和木板一齐安安然然的放在地上。静悄悄的靠住门框他站着了。

他的眼光看到了墙上活动着的蜘蛛，看到了沉静的蛛网。又看到了地上三条腿的板凳，看到了掉了底的碗橱，看到了儿子亲手结的挂艾蒿的悬在房梁上的绳子，看到了灶腔里跳着的火。

他的眼睛是从低处往高处看，看了一圈，而后还落到低处。但他就不见他的孙儿。

而后他把眼睛闭起来了，他好似怕那闪闪耀耀的火光会迷了他的眼睛，他闭了眼睛是表示他对了火关了门。他看不到火了。他就以为火也看不到他了。

可是火仍看得到他，把他的脸炫耀得通红，接着他就把通红的脸埋没到自己阔大的胸前，而后用两只袖子包围起来。

然而他的胡子梢仍没有包围住，就在他一会高涨，一会低抽的胸前骚动……他喉管里像吞住一颗过大的珠子，时上时下的而咕噜咕噜的在鸣。而且喉管也和泪线一样起着暴痛。

这时候莲花池仍旧是莲花池。露水闪仍旧不断的闪合。鸡鸣远近都有了。

但在莲花池的旁边，那灶口生着火的小房子门口，却划着一个黑大的人影。

那就是小豆的祖父。

一九三九年五月十六日嘉陵江居

创作于 1939 年 5 月 16 日，首刊于 1939 年 9 月 16 日《妇女生活》(重庆)第 8 卷第 1 期，署名萧红。收入上海杂志公司(桂林)1940 年 3 月初版《旷野的呼喊》。

辑三 诗歌

1938年，萧红在西安

公园

树大
　人小，
秋心
　沁透
　　人心了。

创作于1932年，作者生前未公开发表。首刊于1980年10月《中国现代文学研究丛刊》第3辑《萧红自集诗稿》。

栽花

你美丽的栽花的姑娘
弄得两手污泥不嫌脏吗；
任凭你怎样的栽，
也怕栽不出一株相思的树来。

创作于1932年春，作者生前未公开发表。首刊于1980年10月《中国现代文学研究丛刊》第3辑《萧红自集诗稿》。

八月天

八月天来了，
牵牛花都爬满栏杆了，
遮住了我的情人啊，
你为什么不走出来给我会见呢？

我知道你是个有用的青年，
你整天工作着，计划着，
现在日西斜了，
你为什么不走出来给我会见呢？

听说你的父亲是死在工厂里，
我的父亲也是死在工厂里，
我们两个不都是一样孤独么？
为什么不出来会见？
为什么不出来呢？
你以为我是魔鬼么？
你以为我是小姐么？
我不是谁家的小姐，

我穿着与你同样褴褛的衣裳。

我也和你一样忙碌，
我也和你一样计划着，
那么你为什么不出来呢？
怕爱情烧毁你的计划么？

我期待你依遍门栏，
依遍晚风，
你赶快出来吧，我的情人。
你的计划，就是我的计划，
我们共同相思着这个计划吧。

我走进屋来，为什么眼泪流呢？
落满了襟袖。

八月天过了，
为什么牵牛花永不落呢？

创作日期不详，首刊于1933年8月13日《大同报·夜哨》(长春)第1期，署名悄吟。

苦 杯（组诗）

一

带着颜色的情诗，
一只一只是写给她的，
像三年前他写给我的一样。
也许人人都是一样！
也许情诗再过三年他又写给另外一个姑娘！

二

昨夜他又写了一只诗，
我也写了一只诗，
他是写给他的新的情人的，
我是写给我悲哀的心的。

三

爱情的帐目，
　　要到失恋的时候才算的，
　　　　算也总是不够本的。

四

已经不爱我了吧！
尚与我日日争吵，
我的心潮破碎了，
他分明知道，
他又在我浸着毒一般痛苦的心上，
时时踢打。

五

往日的爱人，
为我遮蔽暴风雨，
而今他变成暴风雨了，
让我怎样来抵抗？
敌人的攻击，
爱人的伤悼。

六

他又去公园了，
我说：

"我也去吧！"

"你去做什么！"他自己走了。

他给他新的情人的诗说：

"有谁不爱个鸟儿似的姑娘！"

"有谁忍拒绝少女红唇的苦！"

我不是少女，

我没有红唇，

我穿的是从厨房带来油污的衣裳，

为生活而流浪，

我更没有少女美的心肠。

他独自走了，

他独自去享受黄昏时公园里美丽的时光，

我在家里等待着，

等待明朝再去煮米熬汤。

七

我幼时有个暴虐的父亲，

他和我的父亲一样了！

父亲是我的敌人，

而他不是，

我又怎样来对待他呢?

他说他是我同一战线上的伙伴。

八

我没有家，

我连家乡都没有，

更失去朋友，

只有一个他，

而今他又对我取着这般态度。

九

泪到眼边流回去，

流着回去浸食我的心吧!

哭又有什么用!

他的心中既不放着我，

哭也是无足轻重。

十

近来时时想要哭了，
但没有一个适当的地方：
坐在床上哭，怕是他看到；
跑到厨房去哭，
怕是邻居听到；
在街头哭，
那些陌生的人更会哗笑。
人间对我都是无情了。

十一

说什么爱情！
说什么受难者共同走尽患难的路程！
都成了昨夜的梦，
昨夜的明灯。

创作于1935年夏萧红去日本之前。作者生前未公开发表。首刊于1980年10月《中国现代文学研究丛刊》第3辑《萧红自集诗稿》。

异 国

夜间：这窗外的树声，
听来好像家乡田野上抖动着的高粱，
但，这不是。
这是异国了，
踏踏的木屐声音有时潮水一般了。
日里：这青蓝的天空，
好像家乡六月里广茫的原野，
但，这不是，
这是异国了。
这异国的蝉鸣也好像更响了一些。

创作于1936年8月14日，附于1936年8月14日《致萧军》信后，作者生前未公开发表。首刊于1980年10月《中国现代文学研究丛刊》第3辑《萧红自集诗稿》。

沙 粒（组诗）

一

七月里长起来的野菜，
八月里开花了；
我伤感它们的命运，
我赞叹它们的勇敢。

二

我爱钟楼上的铜铃，
我也爱屋檐上的麻雀，
因为从孩童时代它们就是我的小歌手啊！

三

我的窗前结着两个蛛网，
蜘蛛晚餐的时候，
也正是我晚餐的时候。

四

世界那么广大！
而我却把自己的天地布置得这样狭小！

五

冬夜原来就是冷清的，
更不必再加上邻家的筝声了。

六

夜晚归来的时候，
踏着落叶而思想着远方。
头发结满水珠了，
原来是个小雨之夜。

七

从前是和孤独来斗争，
而现在是体验着这孤独，

一样的孤独，
两样的滋味。

八

本也想静静的生活，
本也想静静的工作，
但被寂寞燃烧得发狂的时候，
烟，吃吧！
酒，喝吧！
谁人没有心胸过于狭小的时候！

九

绿色的海洋，
蓝色的海洋，
我羡慕你的伟大，
我又怕你的惊险。

十

朋友和敌人我都一样的崇敬，
因为在我的灵魂上他们都画过条纹。

十一

今后将不再流泪了，
不是我心中没有悲哀，
而是这狂魍的人间迷惘了我了。

十二

和珍宝一样得来的友情，
一旦失掉了，
那刺痛就更甚于失掉了珍宝。

十三

我的胸中积满了沙石，
因此我所想望着的：

只是旷野，高天和飞鸟。

十四

蒙古的草原上，
和羊群一样做着夜梦，
那么我将是个牧羊的赤子了。

十五

偶然一开窗子，
看到了檐头的圆月。

十六

人在孤独的时候，
反而不愿意看到孤独的东西。

十七

生命为什么不挂着铃子？

不然丢了你，
怎能感到有所亡失？

十八

还没有走上沙漠，
就忍受着沙漠之渴，
那么，
既走上了沙漠，
又将怎样！

十九

月圆的时候，
可以看到；
月弯的时候，
也可以看到，
但人的灵魂的偏缺，
却永也看不到。

二十

理想的白马骑不得，
梦中的爱人爱不得。

二一

东京落雪了，
好像看到千里外的故乡。

二二

当野草在人的心上长起来时，
不必去铲锄，
也绝铲锄不了。

二三

想望得久了的东西，
反而不愿意得到。
怕的是得到那一刻的颤栗，
又怕得到后的空虚。

二四

可怜的冬朝，
无酒也无诗。

二五

失掉了爱的心板，
相同失掉了星子的天空。

二六

当悲哀，
反而忘记了悲哀，
那才是最悲哀的时候。

二七

此刻若问我什么最可怕?
我说：
泛滥了的情感最可怕。

二八

可厌的人群，
固然接近不得，
但可爱的人们又正在这可厌的人群之中；
若永远躲避着脏污，
则又永远得不到纯洁。

二九

海洋之大，
天地之广，
却恨个自的胸中狭小，
我将去了！

三十

野犬的心情，
我不知道；
飞到异乡去的燕子的心情，
我不知道；

但自己的心情，
自己却知道。

三一

从异乡又奔向异乡，
这愿望多么渺茫，
而况送着我的是海上的波浪，
迎接着我的是异乡的风霜。

三二

只要那是真诚的，
哪怕就带着点罪恶，
我也接受了。

三三

我本一无所恋，
但又觉得到处皆有所恋，
这烦乱的情绪呀！

我咒诅着你，
好像咒诅着恶魔那么咒诅。

三四

什么最痛苦，
说不出的痛苦最痛苦。

三五

烦恼相同原野上的青草，
生遍我的全身了。

三六

走吧，
还是走。
若生了流水一般的命运，
为何又希求着安息！

三七

眼泪对于我，
从前是可耻的，
而现在是宝贵的。

创作于1936年底至1937年1月初，前34首，首刊于1937年3月15日《文丛》第1卷第1号，署名悄吟。发表时标注“一九三七.一.三.东京”，为公开发表的组诗创作完成的日期。“三五、三六、三七”3首诗未公开发表，收入自集诗稿《沙粒》中，首刊于1980年10月《中国现代文学研究丛刊》第3辑。

拜墓

跟着别人的脚迹，
我走进了墓地，
又跟着别人的脚迹，
来到了你的墓边。

那天是个半阴的天气，
你死后我第一次来拜访你。

我就在你墓边竖了一株小小的花草，
但，并不是用以招吊你的亡灵，
只是说一声：久违。

我们踏着墓畔的小草，
听着附近石匠钻刻着墓石，
或是碑文的声音。
那一刻，
胸中的肺叶跳跃起来，
我哭着你，

不是哭你，
而是哭着正义。

你的死，
总觉得是带走了正义，
虽然正义并不能被人带走。

我们走出墓门，
那送着我们的仍是铁钻击打着石头的声音，
我不敢去问那石匠，
将来他为着你将刻成怎样的碑文？

创作于1937年3月8日，首刊于1937年4月23日《大公报·文艺副刊》(上海)第327期，署名萧红。收入作者自集诗稿时，标题为《拜墓诗——为鲁迅先生》。

辑四 书信

1935年春，萧红与萧军在上海

致萧军

一九三六年七月二十六日

均：

现在我很难过，很想哭。想要写信，钢笔里面的墨水没有了，可是怎样也装不进来，抽进来的墨水一压又随着压出去了。

华[①]起来就到图书馆去了，我本来也可以去，我留在家里想写一点什么，但哪里写得下去，因为我听不到你那登登上楼的声音了。

这里的天气也算很热，并且讲一句话的人也没有，看的书也没有，报也没有，心情非常坏，想到街上去走走，路又不认识，话也不会讲。

昨天到神保町的书铺去了一次，但那书铺好像与我一点关系也没有，这里太生疏了，满街响着木屐的声音，我一点也听不惯这声音。这样一天一天的我不晓得怎样过下去，真是好像充军西伯利亚一样。

比我们起初来到上海的时候更感到无聊，也许慢慢的就好了，但这要一个长的时间，怕是我忍耐不了。不知道你现在准备要走了没有？我已经来了五六天了，不知为什么你还没有信来？

珂[②]已经在十六号起身回去了。

不写了，我要出去吃饭，或者乱走走。

吟[③]上

七月廿六十时半

该信从日本东京发往上海。

①华：许粤华。

②珂：张秀珂（1916—1956），萧红的胞弟，当时在日本留学。

③吟：萧红的笔名“悄吟”的简称。

一九三六年十月二十四日

军：

关于周先生（鲁迅）的死，二十一日的报上，我就渺渺茫茫知道一点，但我不相信自己是对的，我跑去问了那唯一的熟人，她说："你是不懂日本文的，你看错了。"我很希望我是看错，所以很安心的回来了，虽然去的时候是流着眼泪。

昨夜，我是不能不哭了。我看到一张中国报上清清楚楚登着他的照片，而且是那么痛苦的一刻。可惜我的哭声不能和你们的哭声混在一道。

现在他已经是离开我们五天了，不知现在他睡到哪里去了？虽然在三个月前向他告别的时候，他是坐在藤椅上，而且说："每到码头就有验病的上来，不要怕，中国人就专会吓呼中国人，茶房就会说：验病的来啦！来啦！……"

我等着你的信来。

可怕的是许女士（许广平）的悲痛，想个法子，好好安慰着她，最好是使她不要静下来，多多的和她来往。过了这一个最难忍的痛苦的初期，以后总是比开头容易平伏下来。还有那孩子（鲁迅与许广平之子——周海婴），我真不能够想像了。我想一步踏了回来，这想像的时间，在一个完全孤独了的人是多么可怕！

最后你替我去送一个花圈或是什么。

告诉许女士：看在孩子的面上，不要太多哭。

红

十月二十四日

该信从日本东京发往上海。后载于1936年11月5日上海《中流》第1卷第5期。编辑加篇名为《海外的悲悼》，署名萧红。

一九三六年十二月十五日

三郎：

我没有迟疑过，我一直是没有回去的意思，那不过偶尔说着玩的。至于有一次真想回去，那是外来的原因，而不是我自己的自动。

大概你又忘了，夜里又吃东西了吧？夜里在外国酒店喝酒，同时也要吃点下酒的东西的，是不是？不要吃，夜里吃东西在你很不合适。

你的被子比我的还薄，不用说是不合用的了，连我的夜里也是凉凉的。你自己用三块钱去买一张棉花，把你的被子带到淑奇家去，请她替你把棉花加进去。如若手头有钱，就到外国店铺买一张被子，免得烦劳人。

我告诉你的话，你一样也不做，虽然小事，你就总使我不安心。

身体是不很佳，自己也说不出有什么毛病，沈女士近来一见到就说我的面孔是膨胀的，并且苍白。我也相信，也不大相信，因为一向是这个样子，就没希奇了。

前天又重头痛一次，这虽然不能怎样很重的打击了我（因为痛惯了的缘故），但当时那种切实的痛苦无论如何也是真切的感到。算来头痛已经四五年了，这四五年中头痛药不知吃了多少。当痛楚一来到时，也想赶快把它医好吧，但一停止了痛楚，又总是不必了。因为头痛不至于死，现在是有钱了，连这样小病也不得了起来，不是连吃饭的钱也刚刚不成问题吗？所以还是不回去。

人们都说我身体不好，其实我的身体是很好的，若换一个人，给他四五年间不断的头痛，我想不知道他的身体还好不好？所以我相信我自己是健康的。

周先生的画片[1]，我是连看也不愿意看的，看了就难过。海婴想爸爸不想？

这地方，对于我是一点留恋也没有，若回去就不用想再来了，所以莫如一起多住些日子。

现在很多的话，都可以懂了，即是找找房子，与房东办办交涉也差不多行了。大概这因为东亚学校钟点太多，先生在课堂上多半也是说日本话的。现在想起初来日本的时候，华走了以后的时候，那真是困难到极点了。几乎是熬不住。

珂，既然家有信来，还是要好好替他打算一下，把利害说给他，取决当然在于他自己了，我离得这样远，关于他的情形，我总不能十分知道，上次你的信是问我的意见，当时我也不知为什么他来到了上海。他已经有信来，大半是为了找我们，固然他有他的痛苦，可是找到了我们，能知道他接着就不又有新的痛苦吗？虽然他给我的信上说着“我并不忧于流浪”，而且又说，他将来要找一点事做，以维持生活，我是知道的，上海找事，哪里找去。我是总怕他的生活成问题，又年青，精神方面又敏感，若一下子挣扎不好，就要失掉了永久的力量。我看既然与家庭没有断掉关系，可以到北平去读书，若不愿意重来这里的话。

这里短时间住住则可，把日语学学，长了是熬不住的，若留学，这里我也不赞成，日本比我们中国还病态，还干枯，这里没有健康的灵魂，不是生活。中国人的灵魂在全世界中说起来，就是病态的灵魂，到了日本，日本比我们更病态。既是中国人，就更不应该来到日本留学，他们人民的生活，一点自由也没有，一天到晚，连一点声音也听不到，所有的住宅都像空着，而且没有住人的样子。一天到晚歌声是没有的，哭声笑声也都没有。夜里从窗子往外看去，家屋就都黑了，灯光也都被关在板窗里面。日本人民的生活，真是可怜，只有工作，工作得和鬼一样，所以他们的生活完全是阴森的。中国人有一种民族的病态，我们想改正它还来不及，再到这个地方和日本人学习，这是一种病态上再加上病态。我说的不是日本没有可学的，所差的只是他的不健康处也正是我们的不健康处，为着健康起见，好处也只得丢开了。

再说另一件事，明年春天，你可以自己再到自己所愿的地方去逍遥一趟。我就只逍遥在这里了。

礼拜六夜（即十二日）我是住在沈女士住所的，早晨天还未明，就读到了报纸，这样的大变动[2]使我们惊慌了一天，上海究竟怎么样，只有等着你的来信。

新年好。

荣子

十二月十五日

“日本东京麹町区”只要如此写，不必加标点。

该信从日本东京发往上海。

①周先生的画片：日本画家为鲁迅画的临终画像。曾载《译文》，后向《译文》订户赠送。

②大变动：指“西安事变”。

致许广平

一九三九年三月十四日

× 先生[①]：

还是在十二月里，我听说霞飞坊着火，而被烧的是先生的家。这谣传很久了，不过我是十二月听到的。看到你的信，我才知道，晓得那件事已经很晚了，那还是十月里的事情。但这次来的信很好，因为关心这件事情的人太多，延安和成都，都有人来信问过。再说二周年祭，重庆也开了会，可是那时候我不能去参加，那理由你也是晓得的。你说叫我收集一些当时的报纸，现在算起，过了两个月了，但怕你的贴报簿仍没有重庆的篇幅，所以我还是在收集，以后挂号寄上。因为过时之故，所以不能收集得快，而且也怕不全。这都是我这样的年青人做事不留心的缘故，不然何必现在收集呢？不是本来应该留起的吗？

名叫《鲁迅》[②]的刊物，至今尚未出。替转的那几张信，谢谢你。你交了白卷，我不生气，（因为我不敢）所以我也不小气，打算给你写文章的。不知现在时间已过你要不要？

《鲁迅》那刊物不该打算出得那样急，为的是赶二周年。因为周先生去世之后，算算自己做的事情太少，就心急起来。心急是不行的，周先生说过，这心急要拉得长，所以这刊物我始终计算着，有机会就要出的。年底看，在这一年中，各种方法我都想，想法收集稿子，想法弄出版关系，即最后还想自己弄钱。这三条都是要紧的，尤其是关于稿子。这刊物要名实合一，要外表也漂亮，因为导师喜欢好的装修（漂亮书），因为导师的名字不敢侮辱，要选极好极好的作品，做编辑的要铁面无私，要宁缺勿滥；所以不出月刊，不出定期刊，有钱有稿就出一本，不管春夏秋冬，不管三月五月，整理好就出一本，本头要厚，出一本就是一本。载一长篇，三两篇短篇，散文一篇，诗有好的要一篇，没有好的不要。关于周先生，要每期都有关于他的文章。研究，传记，……所以先想请你作传记的工作（就是写回忆文），这很对不起，我不应该就这样指定，我的意思不是指定，就是请你具体的赞同。还请茅盾先生，台静农[3]先生……若赞同就是写稿。但这稿也并不收在我手里（登出一期，再写信讨来一段），因为内地警报多，怕烧毁。文章越长越好，研究我们的导师非长文不够用。在这一年之中，大概你总可写出几万字的，就是这刊物不管怎样努力也不能出的话，那时就请你出单行本吧，我们都是要读的。导师的长处，我们知道得太少了，想做好人是难的。其实导师的文章就够了，绞了那么多心血给我们还不够吗？但是我们这一群年青人非常笨，笨得就像一块石，假若看了导师怎样对朋友，怎样谈闲天，怎样看电影，怎样包一本书，怎样用剪子连包书的麻绳都剪的整整齐齐，那或者帮助我们做成一个人更快一点，因为我们连吃饭走路都得根本学习的，我代表青年们向你呼求，向你索要。

我们在这里一谈起话来就是导师导师，不称周先生也不称鲁迅先生，你或者还没有机会听到，这声音是到处响着的，好像街上的车轮，好像檐前的滴水。（下略）

萧红上

三月十四日

该信从重庆发往上海。1939 年 4 月 5 日《鲁迅风》第 12 期以《离乱中的作家书简》为篇名发表了信的前部分，署名萧红。

①×先生：指许广平。许广平将该信公开发表时，隐去了自己的姓。

②《鲁迅》：萧红与朋友计划出版的一本刊物，未果。

③台静农（1903—1990）：中国现代作家，字伯简，笔名青曲、孔嘉等，安徽六安人。早年曾与鲁迅、韦素园、李霁野等组织未名社，后在辅仁大学、山东大学、台湾大学等大学任教。

致华岗

一九四〇年六月二十四日

西园[①]先生：

你多久没有来信了，你到别的地去了吗？或者你身体不大好！甚念。

我来到香港还是第一次写信给你，在这几个月中，你都写了些什么了？你一向住到乡下就没有回来？到底是隔得太远了，不然我会到大田湾去看你一次的。

我们虽然住在香港，香港是比重庆舒服得多，房子、吃的都不坏，但是天天想回重庆，住在外边，尤其是我，好像是离不开自己的国土的。香港的朋友不多，生活又贵。所好的是文章到底写出来了，只为了写文章还打算再住一个期间。端木和我各写了一长篇，都交生活出版去了。端木现在写论鲁迅。今年八月三日为鲁迅先生六十生辰，他在做文纪念。我也打算做一文章的，题目尚未定，不知关于这纪念日你要做文章否？若有，请寄文艺阵地[②]，上海方面要扩大纪念，很欢迎大家多把放在心里的理论和感情发挥出来。我想这也是对的，我们中国人，是真正的纯粹的东方情感，不大好的，“有话放在心里，何必说呢”“有痛苦，不要哭”“有快乐不要笑”。比方两个朋友五六年不见了，本来一见之下，很难过，又很高兴，是应该立刻就站起来，互相热烈的握手。但是我们中国人是不然的，故意压制着，装做若无其事的样子，装做莫测高深的样子，好像他这朋友不但不表现五年不见，看来根本就像没有离开过一样。你说我说得对不对？我可真是借机发挥了议论了。

我来到了香港，身体不大好，不知为什么，写几天文章，就要病几天。大概是自己体内的精神不对，或者是外边的气候不对。端木甚好。下次再谈吧！希望你来信。

沈山婴③大概在地上跑着玩了吧？沈先生沈夫人④一并都好。

萧红

六月二十四日

（重庆这样轰炸，也许沈家搬了家了。这信我寄交通部）

该信从香港发往重庆。

①西园：西园为华岗在重庆时的化名。华岗（1903—1972），笔名林石父，浙江龙游人。曾任重庆《新华日报》副主编，新中

国成立后任山东大学校长，创办《文史哲》杂志。著有《五四运动史》《中国民族解放运动史》《1925—1927年中国大革命史》等。

②文艺阵地：即《文艺阵地》，文艺月刊，1938年4月创刊，茅盾任主编。1942年11月出至7卷4期停刊。1943年11月至1944年3月，改出《文阵新辑》3期。

③沈山婴：华岗妹妹的孩子。

④沈先生沈夫人：华岗的妹夫和妹妹。

一九四〇年七月二十八日[①]

园兄：

七月廿日来信，前两天收到，所附之信皆为转去，甚感。香港似又可住一时了。您的关切，我们都一一考虑了。远在万里之外，故人仍为故人计，是铭心感切的。

民族史一事，我已函托上海某书店之一熟人代为考查去了，此书不但您想见到，我也想很快的看到。不久当有回信来，那时当再奉告。

关于胡之乱语，他自己不去撤消，似乎别人去谏一点意，他也要不以为然的，那就是他不是胡涂人，不是胡涂人说出来的话，还会不正确的吗？他自己一定是以为很正确。假若有人去解释，我怕连那去解释的人也要受到他心灵上的反感。那还是随他去吧！

想当年胡兄也受到过人家的侮陷，那时是还活着的周先生把那侮陷者给击退了。现在事情也不过三五年，他就出来用同样的手法对待他的同伙了。呜呼哀哉！

世界是可怕的，但是以前还没有自身经历过，也不过从周先生的文章上看过，现在却不了，是实实在在来到自己的身上了。当我晓得了这事时，我坐立不安的度过了两个钟头，那心情是很痛苦的。过后一想，才觉得可笑，未免太小孩子气了。开初而是因为我不能相信，纳闷，奇怪，想不明白。这样说似乎是后来想明白了的样子，可也并没有想明白。因为我也不想这些了。若是越想越不可解，岂不想出毛病来了吗，您想要替我解释，我是衷心的感激，但话不要了。

今天我是发了一大套牢骚，好像不是在写信，而是像对面坐着在讲话的样子。不讲这套了。再说这八月份的工作计划。在这一个月中，我打算写完一长篇小说，内容是写我的一个同学，因为追求革命，而把恋爱牺牲了。那对方的男子，本也是革命者，就因为彼此都对革命起着过高的热情的浪潮，而彼此又都把握不了那革命，所以那悲剧在一开头就已经注定的了。但是一看起来他们在精神上是无时不在幸福之中。但是那种幸福就像薄纱一样，轻轻的就被风吹走了。结果是一个东，一个西，不通音信，男婚女嫁。在那默默的一年一月的时间中，有的时候，某一方面听到了传闻那哀感是仍会升起来的，不过不怎具体罢了。就像听到了海上的难船的呼救似的，辽远，空阔，似有似无。同时那种惊惧的感情，我要把它写出来。假若人的心上可以放一块砖头的话，那么这块砖头再过十年去翻动它，那滋味就绝不相同于去翻动一块放在墙角的砖头。

写到这里，我想起那次您在饺子馆讲的那故事来了。您说奇怪不奇怪？专此敬祝

安好。

萧

七月廿八日

附上所写稿“马伯乐”[②]长篇小说的最前的一章，请读一读，看看马伯乐这人是否可笑！因有副稿，读后，请转中苏文化[③]交曹靖华[④]先生。

①信从香港发往重庆。

②“马伯乐”：萧红长篇小说《马伯乐》。此处指萧红《马伯乐》小说第 1 部第 1 章的手抄稿。

③中苏文化：即《中苏文化》，中苏文化协会机关刊物，1936 年 5 月创刊，郭沫若、侯外庐任主编，1949 年 5 月终刊。

④曹靖华（1897—1987）：文学翻译家、散文家、教育家，原名曹联亚，河南卢氏人。1924 年加入文学研究会，1927 年 4 月，在苏联莫斯科东方大学、列宁格勒东方语言学院任教。回国后，在大学任教、从事文学翻译工作。1939 年去重庆，任中苏文化协会常务理事。

编后记

萧红是现代文学史上毁誉参半的女作家。评论家们对她的文学才华普遍认可，茅盾认为《呼兰河传》是一篇叙事诗，鲁迅预言她是“当今中国最有前途的女作家”。《生死场》中对生死的描述力透纸背，女性的细致和率直的笔触构成了萧红作品的独特魅力，她被称为“20 世纪 30 年代的文学洛神”。林贤治将她定义为“继鲁迅之后的一位伟大的平民作家”。夏志清称她是“二十世纪最优秀的作家之一”。

然而，萧红的个人经历却常遭人非议，她的人生选择不断挑战社会对女性的重重规范。萧红生前早就预见到了后人对她的看法，她在给友人的信中说：“当我死后，或许我的作品无人去看，但肯定的是，我的绯闻将永远流传。”临终时她还在哀叹：“半生尽遭白眼冷遇。”她的人生悲剧来源于“五四”个性主义的张扬，她颠沛流离的生活也就是“出走的娜拉”可能遭遇的命运。葛浩文在《萧红评传》中说：“萧红就是这一代中为了所谓现代化，不惜付出任何代价的一大部分人中的典型人物。遗憾的是他们那些人往往在身心方面都欠缺面对新方式的准备。对女性而言，这新的变革和考验是非常艰辛，唯有那些最坚强的人才能安然无恙地渡过难关。”萧红不幸没能成为通过层层试炼的人，作为脱轨的漂泊者，成了现代文坛上昙花一现的奇迹。

萧红的命运悲剧自幼便露出端倪，1911 年原名张廼莹的萧红出生于中国东北一角的一座小城呼兰，这里的人们苦苦挣扎在生存线上，平庸琐碎的日子充斥着整个人生，在这里生死、鬼神并没有明确的界限。萧红对爱、自由、尊严是极为渴求的，她童年唯一的温暖来自于和蔼的祖父。成年后在战乱年代里坎坷备尝的情感经历和爱情遭际，使她的人生充满了悲剧的底色。

萧红一生始终陷在渴望爱与害怕被抛弃的两个困境中书写苦难。她用 31 年的短暂生命对“生的坚强”和“死的挣扎”进行了痛苦的演绎。她的作品文体多变，诗歌、小说、散文三种文体交融，文字清丽哀伤，如同凄婉的歌谣，体现出深沉的悲剧性。《生死场》奠定了她的文学立场，而《呼兰河传》和她的众多散文则铸造了她独特的文学风格。

萧红的人生和文学作品都在昭示那个时代“女性的天空是低的，羽翼是稀薄的”。而这个脱轨的勇士用纤弱的身体抗争着男权社会的重压，被迫成了个人情感和文学风格在那个时代都难以安放的漂泊者。

编者　张勇

2016 年 6 月

图书在版编目（CIP）数据

萧红精选集 / 萧红著；王任主编 .—济南：齐鲁书社，2017.2

（民国文学名家精选集）

ISBN 978 -7 -5333 -3741 -4

Ⅰ.①萧… Ⅱ.①萧… ②王… Ⅲ.①中国文学–现代文学–作品综合集 Ⅳ.① I216.2

中国版本图书馆 CIP 数据核字（2017）第 028537 号

萧红精选集

萧红 著　王任 主编　本册编者 张勇

主管单位　山东出版传媒股份有限公司
出版发行　齊魯書社
社　　址　济南市英雄山路 189 号
邮　　编　250002
网　　址　www.qlss.com.cn
电子邮箱　qilupress@126.com
营销中心　（0531）82098521　82098519
印　　刷　山东临沂新华印刷物流集团有限责任公司
开　　本　787mm × 1092mm　1/32
印　　张　8.5
插　　页　4
字　　数　143 千
版　　次　2017 年 2 月第 1 版
印　　次　2017 年 2 月第 1 次印刷
印　　数　1–5000
标准书号　ISBN 978 – 7 – 5333 – 3741 – 4
定　　价　**28.00 元**